ey&Nigel
「妖精の分け前」

FLESH&BLOOD外伝
――女王陛下の海賊たち――

松岡なつき

キャラ文庫

この作品はフィクションです。
実在の人物・団体・事件などにはいっさい関係ありません。

目次

FLESH&BLOOD外伝

口絵・本文イラスト／彩

ミニアと呼ばれた男

1

ぎゅっと目をつぶって、膝《ひざ》を折り曲げる。一気に頭の天辺《てっぺん》まで水に漬けると、耳を聾《ろう》さんばかりのせせらぎは遠ざかり、口から空気が漏《も》れる音と激しく打ち鳴らされる心臓の音しか聞こえなくなった。

（一、二、三……）

約束では十まで数えることになっている。それぐらい、子供にだってできると言われたのだ。できなければ恥ずかしいし、師匠を失望させてしまう。だから、今すぐ飛び上がりたい気持ちを必死にこらえ、次第に強まってくる息苦しさと闘った。

（……八、九、十！）

蛙《かえる》のように飛び上がり、固く閉じていた瞼《まぶた》を開ける。強い夏の陽光と、額を伝って流れ込んでくる水のせいで目がちくちくした。低く呻《うめ》いて、両手で顔を覆うと、心配そうな声がかかった。

「どうした、ナイジェル？」

「水が目に入って……」

「傷が痛むのか？」

「違うよ」

周囲の明るさに慣れるのを待って、手を離したナイジェルは、自分を覗《のぞ》き込んでいる師匠のジェフリーに微笑《ほほえ》みかけた。

「水が左目にしみただけだ。前にも言っただろう？　もう、右目は何ともない」

「そうか」

晴れ渡った空よりも鮮やかで、海よりも深いブルーの瞳が安堵《あんど》の思いに輝く。豪奢《ごうしゃ》な金髪に縁取られた面立ちは、教会の壁に描かれた天の御使いのように美しい。ジェフリー・ロックフォードはナイジェルの一つ年上。自由気ままな船乗りの暮らしに憧《あこが》れて、プリマス港をぶらついていたナイジェルに声をかけてきて以来の親友だ。ワッツ船長率いる『キャサリン号』の乗組員で、今では同僚となったナイジェルが最も信頼している先輩でもある。

（あのとき、なんで、ジェフリーは俺に声をかける気になったんだろう？）

ときどき、ナイジェルは考えることがあった。ジェフリーは同じ年頃の子と話をしてみたかったからだと言っていたが、船乗りの修業は幼い子供のうちから始まるので、港には同世代の少年も少なからずいたはずだ。ナイジェルは、それでもジェフリーが自分を選んだ訳が知りたかった。

（たぶん、俺が寂しそうにしていたから……そして、彼も寂しかったからじゃないかな）

早くに両親を亡くしたジェフリーは、あるかなしかの遠い縁を頼ってワッツ船長に引き取られて以来、自分よりも遥《はる》かに年上で、荒々しい気性の男達に囲まれて生きてきた。

ナイジェルには熱愛する美しくも優しい母親エセルがいたが、裕福な自作農だった父親とは結婚していなかったため、周囲の人々から『妾《めかけ》だ、私生児だ』と白眼視されていた。

つまり、二人とも心を許し合い、何でも話せる友が欲しいと切望していたところに、理想の相手が現れたということだろう。

（でも、より切実に友情を求めていたのは俺の方だ）

ナイジェルもそれは認めていた。

ジェフリーは陽気な性格だし、人懐っこいので、その気になれば、いくらでも友人を増やすことができる。

しかし、ナイジェルは用心深い上、人見知りをするので、自分の方から誰かに友情を申し込むことなどできそうになかった。だから、港でジェフリーが声をかけてくれなければ、未だに孤独を噛《か》みしめていたことも重々考えられる。

（彼が側にいてくれなかったら、母さんの死を乗り越えることもできなかったかもしれない……そう思うとゾッとするな）

母エセルの最期は無惨《むざん》なものだった。ナイジェルにとって腹違いの弟にあたるトマスは、正妻だった母の死後、父親がエセルを屋敷に引き取ると知り、激しい憎悪を抱いた。そして、ナイジェルの留守中に家に忍び込むと、無抵抗のエセルを殺害したのである。

犯行の状況からトマスの仕業だということを知ったナイジェルは、復讐《ふくしゅう》の念に駆られた。殺人を犯せば、自分も罪に問われ、死刑に処せられることは判っていたが、どうしても仇《かたき》が取りたかったのだ。

（あのときはトマスが憎い、この手で引き裂いてやりたいということしか考えられなかった。そんな真似《まね》をしたところで母さんは戻ってこないし、喜ぶはずもないのに……）

だが、父の屋敷に乗り込み、いざトマスの命を奪おうとした瞬間、ナイジェルの心に迷いが生じた。一瞥《いちべつ》して自分の敵の脆弱《ぜいじゃく》さを見抜いてしまったからだ。初めて相見《あいまみ》えた異母弟は日陰で育った植物のように萎《しお》れた肉体と、不健全な精神の持ち主だった。

トマスもそれを自覚していて、ナイジェル母子にグラハム家の財産や後継者の立場を奪われることを何よりも怖れていた。プリマスでも有数の農場を経営する父のような才を持たない彼にとって、頼りになるのは親の遺産と地元の名士としての身分だけだったからだ。おそらく、エセルの殺害などという残忍な解決法を思い立ったのも、日々募る不安に耐えられなくなったからだろう。

（彼は彼なりに必死だった。俺とまともに戦っても勝つ自信はない。だから、不意打ちをかけてきたんだ）

思いがけないことだったが、ナイジェルは自分が全く価値を見いだしていないものに執着し、縋《すが》りつかずにはいられないトマスに哀れみを感じた。罪深い私生児、聖なる婚姻を汚す悪魔の子と後ろ指をさされてきたナイジェルにとって、何の瑕瑾《きず》もないトマスは羨《うらや》ましい存在だった。だが、実際のトマスは父母に甘やかされ、裕福な暮らしを送ってきたにもかかわらず、人生に満足できずにいたのだ。

(トマスが俺を羨むことはない。だが、妬《ねた》み、怖れることはあったんだ)

自己憐憫《れんびん》に浸り、悪意の塊になったようなトマスの姿を目の当たりにしたナイジェルは、それまで意識していなかった己の幸運に気づいた。確かにトマスに比べれば、自分の暮らしぶりは貧しいかもしれない。だが、エセルやジェフリーの深い愛情に包まれているナイジェルの心は、トマスとは比べものにならないほど満たされていた。

(俺には心から愛し、信頼できる人がいる。でも、トマスには誰もいない。自分を可愛《かわい》がってくれている父親にさえ、心は閉ざしている。彼が本当に愛しているのは自分だけ、頼りになるのも自分だけ……だけど、その自分がどれほど弱い人間かということも知っていた。まともに俺と張り合ったところで勝てっこないと思っていたんだ。だから、競争になる前に俺を消し去ろうとした)

そのことに気づいた瞬間、ナイジェルの異母弟に対する憎悪はぐらついた。すでに敗北を認めている相手を、さらに痛めつける意味を見いだすことができなかったのだ。

　しかし、トマスにしてみれば、そんな心境の変化など知ったことではなかったのだろう。彼にとってナイジェルの躊躇《ためら》いは絶好の機会だった。トマスは隙《すき》を突いてナイジェルが手にしていた短剣《ナイフ》を奪うと、猛然と襲いかかってきた。そして、鋭い刃先はナイジェルの右目を捉《とら》え、摘出こそしないで済んだものの、エセル譲りの灰青色の眼球を白濁させ、視力をも奪い去ったのである。

（トマスを殺さなかったことは後悔していない）

　ナイジェルは思った。

（でも、中途半端な覚悟で刃物を振り回したことは後悔している。自分が痛い思いをしただけじゃなく、ジェフリーの心も傷つけてしまったから……）

　ナイジェルの眼が土手の上、脱ぎ捨てられた服の山に向けられた。その一番下に自分の右目を奪った刃が隠されている。それは復讐に向かうナイジェルに、ジェフリーが貸してくれたもの――――その後、怪我《けが》をしたナイジェルの不注意を戒め、力づけるために惜しげもなく贈ってくれたものだ。

（プリマスの英雄、偉大な航海者として尊敬しているドレイク船長から、『立派な船乗りになれ』という言葉と共にもらった宝物なのに……）

　ジェフリーはナイジェルに対して、何かを惜しむということがない。いや、ナイジェルに限らず、一旦好意を持った相手にはとことん尽くすし、そのための苦労は厭《いと》わない人間だった。

（俺よりずっと大人なんだ）

ナイジェルにとってジェフリーは肩を並べる親友でありながら、目標とする相手でもある。ジェフリーの寛大さ、仲間に示す深い情愛は、ナイジェルも見習いたいと思っていた。

だが、その情の深さゆえに、ジェフリーは苦しむことになったのだ。

「ナイフを振り上げたら、必ず仕留めろ。すぐに傷つけられないと判ると、相手は反撃の機会を狙《ねら》ってくるからな」

ジェフリーはナイフを渡すとき、そう忠告してくれていた。それを守らなかったのは、ナイジェルだ。だが、ジェフリーは自分が間違いを犯したかのように、ナイジェルの視力が失われたことを悔やみ、いまだに重傷を負っているかのように身を案じている。先程もナイジェルが少し呻いただけで狼狽《ろうばい》してしまうほどに。

（これ以上、ジェフリーに心配をかけたくない。本当にもう大丈夫なんだって安心してもらいたいんだ。そのためには俺がもっとしっかりしないと……）

だが、『思うは易し、行うは難し』だった。ナイジェルは水に濡《ぬ》れてぴたりと肌に張り付く黒絹の眼帯を直す振りをしながら、そっと溜《た》め息《いき》をつく。

エセルの死後、もともと薄かった父との縁をすっぱり切ったナイジェルは、ジェフリーの口利きでキャサリン号のキャビンボーイに取り立ててもらった。

取りあえずはワッツ船長の身の回りの世話をしながら、船乗りに必要な技術を学んでいくということになっていたのだが、二ヶ月経った現在もナイジェルは船長の世話をするどころか、ジェフリーにあれこれ面倒を見てもらっている。というのも、物心つく頃から船に乗っている仲間達と違って、ナイジェルは酷《ひど》い船酔いに苦しめられていたからだ。

（ジェフリーは航海を重ねていけば、次第に身体が慣れてくるって慰めてくれたけど……本当かな……）

むろん、ナイジェルもこのままではまずいということは判っていた。狭い船に役立たずを乗せておく余裕はない。仲間達と同じように働くことができなければ、陸《おか》に上がるしかなかった。そして、それはジェフリーとの別離を意味する。いつか彼の船で航海長を務めるという夢も、二人でドレイクのように世界の海を冒険するという夢も、はかなく潰《つい》えてしまうのだ。

（嫌だ！　俺はジェフリーと一緒に行く！）

そのためにも、まずは船酔いを克服しなくてはならなかった。だが、どうやって？　具体的な解決策を思いつくことができないナイジェルは焦るばかりだ。ジェフリーは『そのうち波の動きに身体が慣れてくるさ』と慰めてくれるのだが……。

「落ち着いたか？」

ふいにかかったジェフリーの声に、ナイジェルはハッとして顔を上げる。物思いに耽《ふけ》るあまり、今しなければならないことを忘れていた。

「あ、ああ。平気だ」

「なら、今度は十五まで数えてみようか。できるようなら、途中で目を開けてみろ。ゆっくり瞼を上げれば、そんなにしみないはずだ」

「判った」

ナイジェルは大きく息を吸い込むと、再び水の中に潜っていく。

これも立派な船乗りになる訓練だった。ワッツ船長の方針で、キャサリン号の乗組員は水泳の訓練を義務づけられている。船には座礁という危険がつきまとうが、泳ぐことさえできれば、命まで奪われることはないという親心だ。

（よし……いくぞ）

十まで数えたナイジェルは思いきって瞼を上げてみた。陽光が差し込む水中は想像していたよりもずっと明るい。

（結構見えるんだな……あっ！）

川の流れにたなびく藻草の影から小魚が飛び出してきたのを見て、思わず歓声を上げたナイジェルは、その拍子に肺に残った空気を全て吐き出してしまい、慌てて立ち上がった。

「魚がいる！」

「そりゃ、いるだろうさ。川なんだから」

「泳いでいる姿を見たのは初めてなんだ。あんなに綺麗《きれい》だとは思ってもみなかった。銀色に光って、すばしっこくて……」

ジェフリーは興奮するナイジェルをおかしそうに見た。

「おまえは学があるけど、物を知らないよな。たかが小魚ごときにはしゃいだりして、子供みたいだ」

「ふん、馬鹿にして。自分だけ大人ぶるなよ」

ナイジェルは悔しそうに言うと、片手ですくい上げた水をジェフリーの顔に引っかけた。

「やったな、こいつ！」

さっさと大人ぶるのを止めたジェフリーは、両手をオールのように動かして、大量の水をナイジェルに浴びせかける。ナイジェルも負けじと応戦したので、辺りは歓声と悲鳴と水飛沫《しぶき》の上がる音で大変な騒ぎになった。

おそらく、そのせいだろう。二人が自分達に近寄る者の気配を察知できなかったのは。

「あー、疲れた。少し休もうぜ」

「うん」

ジェフリーとナイジェルは笑いの余韻《よいん》を引きずりながら、互いにもたれかかるようにして岸辺に向かう。

そこに灰色の巨大な馬を引いた男が立っていた。

（……！）

先に気づいたナイジェルが息を呑《の》むと、ジェフリーもさっと身構えた。ところが、彼はすぐに緊張を解くと、川の中にナイジェルを置き去りにして、男の方へ駆けていった。

「ミニア！　ミニア・グリフュス！」

どうやら知り合いらしい。ジェフリーは岸に這《は》い上がると、濡れた身体のまま男の身体にしがみついた。

「おい、おい、懐かしいのは判るが、一張羅をびしょ濡れにするのは止めてくれ」

ミニア・なんとかと呼ばれた男もそんなことを言いながら、満更ではないような顔つきをしている。

「あんたも陸者《おかもの》みたいなことを言うようになったな。船の上じゃ、乾いた服を着てる方が珍しいのに」

「ああ、そうだった」

ジェフリーの指摘に、男は微笑みを浮かべた。

「確かに船ってのは暗いし、狭いし、ジメジメしている。その上、航海には危険がつきものだ。ところが、長いこと陸で暮らしていると、どうにも海が恋しくてたまらなくなる。必死に止める女房を振り切り、居心地のいい家を飛び出して、古巣に舞い戻っちまうんだ。まったく、船乗りっていうのは救われない奴らだと思うね」

「ってことは、キャサリン号に戻ってくるのか？」

男は頷《うなず》いた。

「耳寄りな情報を摑《つか》んだんでな。これからワッツ船長をそそのかしに行くところだ」

「わざわざブリストルから出てくるってことは、かなりの大物だな？」

「その通り。ネーデルラントからスペインに向かう商船だ。積み荷は高価な錦織や絹織物、それに金細工の食器類と換金性の高いものばかり。悪くないだろう？」

「ああ。全部いただきだぜ！」

躍り上がるジェフリーの姿に、ナイジェルは内心、舌打ちをした。

（なんだよ……）

自分のことを忘れてしまったかのように談笑している二人を見ているうちに、先程までの楽しい気分がすーっと萎《しぼ》んでいく。久しぶりに味わう孤独に胸を苛《さいな》まれて、ナイジェルは俯《うつむ》いた。

そう、人懐こいジェフリーは知り合いも多い。ナイジェルと出会う前に友誼《ゆうぎ》を結んだ人々も少なくないのだろう。

（もしかしたら、その中には俺より気が合う人間もいるかもしれない）

ナイジェルの胸に不安が広がる。ジェフリーの興味が自分から遠ざかってしまいそうで怖かった。だから、そんな思いを味わわせる契機を作ったミニアに反感を覚えずにはいられない。子供っぽい独占欲だということは判っていたが。

「ところで、そっちの坊やは？」

ミニアの言葉に、ナイジェルはハッと顔を上げる。次の瞬間、待ちかまえていたような淡い

ブルーの視線とかち合った。

「ナイジェル・グラハムだよ」

ジェフリーがにこやかに紹介する。

「俺のメイトで、ワッツ爺《じい》さんのキャビンボーイをしているんだ」

「キャビンボーイってことは、もちろん新米だな？」

「うん。ナイジェル、そんなところで何してるんだ？　こっちに来いよ」

ジェフリーが手招いたので、ナイジェルは渋々ながら川岸に向かった。そんな彼の耳にミニアの独白めいた言葉が飛び込んでくる。

「水夫になるにしては年が行きすぎてるし、おまけに隻眼《せきがん》ときている。ワッツ船長がよく船に乗せたな。今から鍛えたところで、なれるのは料理人ぐらいだろうに」

衝撃を受けて立ち竦《すく》んだナイジェルを見て、ミニアは微笑んだ。

「ま、綺麗な顔をしているから、目の保養にはなるか」

挑発だ――ナイジェルは水の中で拳《こぶし》を握り締めた。どうやらミニアは自分に対するナイジェルの反感に気づいていて、それを煽《あお》り立てようとしているらしい。だが、反論すれば、自らの手で墓穴を掘ることになるのも判っていた。ミニアの言っていることは、いちいちもっともなことだからだ。

（勝手にほざいてろ。いつか見返してやるからな）

ナイジェルは心の中で呟《つぶや》くと、ミニアの正面に立って、水に浸かったまま相手を見上げた。引いている馬も巨大ならば、それに乗ってきた男も大きい。ミニアはナイジェルが会ったことのある人間の中でも一番の長身だった。まず六フィートは確実に越えているだろう。傍《かたわ》らにいるジェフリーが何と華奢《きゃしゃ》に見えることか。そのジェフリーよりも確実に背が低く、体重も軽いナイジェルは、ミニアの目に吹けば飛ぶ蚊蜻蛉《かとんぼ》のように映っているに違いない。

（いや、身体ができるのはこれからだ。俺だって鍛えれば、誰にも負けないぐらい逞《たくま》しくなれるはず……）

ナイジェルは気を取り直すと、礼儀に則《のっと》って挨拶《あいさつ》をした。

「初めまして、ミスター・ミニア」

ミニアの笑みが大きくなる。

「そいつは同じ意味だ。ミニアというのはネーデルラント語のミスターのことでね。俺の名前はヤン・グリフュス。アントウェルペン生まれの流れ者さ。まあ、ヤンでも、ミニアでも好きなように呼んでくれ」

ナイジェルは僅《わず》かに目を見開いた。ネーデルラント人に出会ったのは初めてだったからだ。いや、ネーデルラント人に限らず、外国人と話すのは初めての経験だった。プリマスのような港町に住んでいれば、外国人と触れ合う機会も多いように思われるのだが、友人と遊び回ることもなく、律儀に家とグラマースクールを往復するだけの毎日を過ごしてきたナイジェルには、そうした交流の場は無縁だった。

(言われなければ、判らなかったな。訛《なま》りのない綺麗な英語を話しているし……)

ナイジェルは改めてミニアを観察した。短く刈り込んだ白っぽい金髪。秀でた額の下で冷たく輝くペール・ブルーの瞳。切り立った峯のように高い鼻。大きくて薄い唇。身体つきといい、顔つきといい、古代ローマの歴史家が描くゲルマン民族のようだ。ならば気性もかの民族のように非情で荒々しいのだろうか。イングランド人もアングル族とサクソン族というゲルマンの血を引いていることを棚に上げて、ナイジェルは考える。無論、仲間であれば、そうではないことを祈るばかりだが。

(ジェフリーがこんなに慕っているんだから、いい奴なのだろう。自信たっぷりな様子からして、船乗りとしても優秀なはずだ)

観察の末、ナイジェルはそう結論づける。そう、悪い人間ではなさそうだった。だが、好きになれるかどうかは別問題だ。

「そろそろ上がれよ、ナイジェル。川の水は冷たい。夏だからといって油断をしていると、風邪を引くぞ」

ジェフリーが言った。彼はミニアとナイジェルの間に流れる微妙な空気に気づいていないらしい。

だが、ジェフリーと違って、ナイジェルの心の動きを読み切っているミニアはくすくす笑いながら、再び挑発した。

「可愛子ちゃんは、知らない奴の前に素っ裸で立つのが恥ずかしいのさ。慎み深いのか、それとも男らしさに自信がないのか。確たる理由は判らんがな」

カッとしたナイジェルは岸に手をかけ、一気によじ登った。そして、面白がっているようなミニアの視線に、あますところなく裸体を曝《さら》す。

「これで拭《ふ》けよ」

刺すような眼差しを見て、ようやくジェフリーもナイジェルの心情に気づいたらしい。シャツを差し出しながら、ナイジェルの注意を自分の方に向けようとしている。しかし、ナイジェルの顔はぴくりとも動かなかった。

「向こう気は強いらしい」

ミニアはそう言って、首を傾《かし》げた。

「だが、性根はどうかな。まあ、そいつもしばらく一緒の船に乗っていれば、おいおい判ってくるか……」

それからミニアはジェフリーを見た。

「先に行くぜ。ワッツ船長の根城は変わってないだろうな？」

「う、うん。相も変わらず『金羊亭《ゴールデン・シープ》』さ」

「じゃ、向こうでまた会おう。おまえさんもな、ナイジェル」

ミニアはナイジェルに片目をつぶってみせると、図体の割には大人しい灰色の馬の背に乗り、駆け去っていった。やってきたときとは反対に蹄《ひづめ》の音も華々しく。

「なあ……」

ジェフリーが遠慮がちに声をかけてくる。

「意地の悪いことも言ってたけど、あれでいて人は悪くないんだぜ。つき合っていくうちに判ると思うけど」

ナイジェルはジェフリーを振り向いて、言った。

「たぶん、あんたの言う通りなんだろうな。なるべくなら、つき合いたくない相手だけどね。向こうも俺を馬鹿にすること以外、興味はないだろうし」

「興味があるから、絡むんだ。全く興味がなかったら、鼻も引っかけないよ」

「そいつは光栄至極……なんて、俺が言うと思うか?」

ナイジェルはジェフリーの手からシャツを奪うと、それを地面に叩《たた》きつけた。

「さあ、忌々《いまいま》しい邪魔者はいなくなった。練習の続きをしよう」

ジェフリーは溜め息をつく。

「判った。でも、少し身体を温めてからだ。おまえ、唇が紫色になってるぞ」

「平気だ、そんなの……!」

むきになったナイジェルは、踵《きびす》を返すなり、川に飛び込もうとした。

だが、ジェフリーの腕が素早くナイジェルの胴に巻きついて、自分の方に引き寄せる。

「無理をするな」

「してない！　手を離せよ！」

「ナイジェル！」

ジェフリーは腕の輪から逃れようとして藻掻《もが》くナイジェルの額に、自分のそれを押しつけた。

「おまえは俺のメイトだ。おまえのことは俺が一番良く知ってる。ミニアの奴には好きなことを言わせておけばいいさ」

ナイジェルは暴れるのを止め、顔を引いた。そして、端正なジェフリーの面を見つめる。何よりの信頼、何よりも聞きたかった言葉だ。荒れ狂っていたナイジェルの心がすーっと静けさを取り戻していく。そう、よく知らない人間の言葉に動揺する必要はない。自分には真の理解者がいるのだから。

「あっちにラズベリーの茂みがある。摘んできて、日向《ひなた》ぼっこをしながら食べようぜ」

「うん」

素直に頷いた親友を見て、ジェフリーが微笑む。

ナイジェルはその陽光のような笑顔を見つめながら、改めて思った。ジェフリーはいつだって自分の味方だ。彼さえいれば、何も怖れることはない……。

2

母の死後、父に買い与えられていた家を出たナイジェルは、ジェフリーの所に転がり込んだ。つまり、ワッツ船長が借りている『金羊亭《ゴールデン・シープ》』の一室だ。当然のことながら、ベッドは船長のものなので、ジェフリーとナイジェルは床に敷き詰めた藁《わら》に帆布のシーツを被せた寝床を分け合っている。

「ブルッへの船乗りから聞いたんだが、フェリペの弟が病気だってのは本当か？」

ワッツ船長の問いに、ミニアは頷いた。

「熱病という話ですね。もっとも、取り巻き連中は弟の人気を妬んだフェリペ王が、毒を盛ったと触れ回っているようですが」

「そうなのか？」

「ま、あってもおかしくない話ですよ。カルロス皇太子はヒヨッコだ。可愛い息子の競争相手になりそうな奴は、早めに始末しておきたいという親心は判らないでもないですから」

「とはいえ、野営地で熱病が流行《はや》るというのも珍しい話ではないいな」

「ええ。湿気の多いネーデルラントでは特にね」

　夕食の後、粗末な寝床に転がって、ジェフリーにラテン語を教えていたナイジェルは、密かに二人の話に耳を傾けていた。

（ドン・ファンが病気なのか……）

　フェリペの異母弟ドン・ファン・デ・アウストリアは、キリスト教国を熱狂の渦に巻き込んだ『レパントの海戦』で、オスマン・トルコを撃破した英雄だった。そして、今は武運の強さと人気を買われ、独立運動の盛んなネーデルラントに総督として送り込まれている。

「彼が死んだとして、後を引き継ぐのは？」

「順当に行けば、補佐のパルマ公でしょうね。前総督のアルバ公ほど残忍ではないし、ドン・ファンのような求心力もないが、狡猾《こうかつ》で冷静沈着な軍人です。ネーデルラントの新教徒にとってはありがたくない御仁《ごじん》だ」

「俺達にとってはどうだろう？　取り締まりが厳しくなったりするかね？」

「パルマ公は陸将だから、海には詳しくないと思いますが、『海の乞食団』や『海の犬達』を見過ごすわけにもいかないでしょう。スペイン本国との貿易路を断たれたら、死活問題ですからね」

　ワッツ船長は舌打ちをした。

「くそ、こちとらの仕事が済むまで、何としてでもドン・ファンには生きててもらいてえもんだ。足元がゴタゴタしてりゃ、俺達の方まで眼が届かねえだろうし」

「ええ」

ナイジェルは二人の話を理解できたことに満足して、心の中で微笑む。

(ありがとう、ジェフリー)

ナイジェルは親友に感謝した。ジェフリーはグラマースクールで教えているような事柄には疎いが、世情には通じている。『海の乞食団』というのはネーデルラントの新教徒による海賊組織で、『海の犬達』というのはイングランドの海賊を指す言葉だということをナイジェルに教えてくれたのも彼だった。

(俺の知識は本から得たもの。それも実際の生活には役に立たないことばかりだ。それに比べて、ジェフリーは本当に必要なことを知っている。グラマースクールが教えるのは、古代ギリシアの戦争のことばかり。イングランドを取り巻く状況なんて、教えてくれないからな)

ナイジェルは世慣れたジェフリーを誇らしくも、羨ましくも思っていた。早く彼のようになりたい。そして、彼の認める一人前の船乗りになりたかった。

「できた!」

四つ折り本ぐらいの大きさの板に、薪《たきぎ》の燃えさしで文字を書きつけていたジェフリーがそう言って、顔を上げた。

「これでどう?」

　ナイジェルは板を受け取り、本という意味の名詞『liber』が正しく格変化されていることを確かめた。

「うん。主格以外のｅがちゃんと抜いてある。正解だ」

　ジェフリーはにっこりして、再び板を手元に引き寄せる。

「おまえが言ってたみたいに、規則を覚えちまえば簡単だな。さて、お次は？」

「『forum』。意味は覚えている？」

「広場のこと。語尾に『um』ってつくから中性詞だ」

「その通り。じゃ、書いてみて」

「アイ」

　早速、燃えさしを動かし始めたジェフリーを見て、ナイジェルは思った。

（ジェフリーは覚えが早いんだ。この調子で行ったら、俺が教えられることなんてすぐに無くなってしまうだろうな。俺が彼から教わらなければならないことは、まだまだ山ほどあるっていうのに……）

　ナイジェルは焦りを感じた。もちろん、ジェフリーのことは好きだし、尊敬もしている。だが、同じ年代の人間には負けたくないという対抗心があるのも事実だった。

（勉強だったら、努力して追いつくこともできるだろう。でも、努力で生まれつきの体質を変えることは難しい）

またもや、同じ壁にぶち当たってしまった。ナイジェルは唇を噛みしめる。本当にどうすれば、この目には見えない高い壁を乗り越えることができるのだろうか。

「これでどう？」

ややして、ジェフリーが板を差し出した。

鬱屈《うっくつ》した思いを押し殺して、ナイジェルは微笑む。

「正解だよ」

「よし！　調子が上がってきたぜ。次の問題は？」

ナイジェルは思わず口走った。

「今日はここまでにしておこう」

「ええ？」

ジェフリーは驚いたように顔を上げたが、ナイジェルを見て、すぐに納得した。

「そうだな。今日は泳ぎの練習もして、かなり疲れたし」

「うん……ごめん」

ナイジェルはぼそぼそ呟くと、こらえきれなくなって俯いた。素直に友人の進歩を喜べない自分が情けなかった。

「謝るなよ。気が乗らないときは我慢してつき合わなくてもいいんだ。俺はおまえの好意で教えてもらってるんだからさ。そら、横になって」

ジェフリーはナイジェルをごわごわする帆布に引き倒すと、毛布を身体にかけてくれた。そして、自分も隣に滑り込む。

「そろそろ、くっついて眠るには暑い季節になってきたな」

「だったら、離れろよ」

苦笑して身体を離そうとしたナイジェルを、ジェフリーはぐっと引き寄せる。

「寂しいから嫌だ」

そのとき、二人の様子に気づいたミニアが、馬鹿にしたように言った。

「もう寝るのか？　赤ん坊みたいだな」

思わず身を強ばらせたナイジェルの脇腹をなだめるようにつついて、ジェフリーが答える。

「そう思うんなら、ガキなんかに構ってないで、さっさと女でも探しに行けよ。ただし、ブリストルに残してきたカミさんにばれないようにな」

「相変わらず、口の減らない坊主だ」

ミニアは苦笑しながら席を立った。

「お頭、下に行きませんか？　女はともかく、もう一杯つき合って下さいよ。ささやかな前祝いとしゃれ込みましょう」

「よし！」

酒に目のないワッツ船長もいそいそと立ち上がる。

二人が部屋を出ていくのを待って、ジェフリーはナイジェルに微笑みかけた。

「うるさいジジィどもを追い出してやったぜ。これでゆっくり眠れるぞ」

ナイジェルもぎこちなく唇を緩めた。

「うん」

「おやすみ、ナイジェル。いい夢を」

「ジェフリーも……」

と言って、目を瞑《つむ》ったものの、本当に眠気を感じていたわけではないので、ナイジェルはなかなか寝つくことができなかった。一方、ジェフリーはすでに気持ちよさそうな寝息を立てている。

(また庇《かば》われてしまった)

狸《たぬき》寝入りを止めたナイジェルは敷布に肘《ひじ》をつき、テーブルの上の蠟燭《ろうそく》が投げかける光に照らし出された親友の顔を見つめた。

(優しいジェフリー。いつか、俺もおまえのようになれるかな?)

そう、庇われるだけでは嫌だった。対等な存在になりたいのだ。ナイジェルは蠟燭の炎が尽きるまで、飽かず平和な寝顔を見守っていた。自分がジェフリーのことを頼りにしているように、ジェフリーにも頼られる人間でありたいと思いながら。

船底にへばりついたフジツボや海草類を掻《か》き落とし、船材を食い荒らすフナクイムシを焼いた後、木の合わせ目に槙皮《まいはだ》を詰め込み、その上からタールを塗《ぬ》っていく――そうして化粧直しを終えたキャサリン号がドックを出たのは、ミニアがプリマスに来て二日後のことだった。

「突貫工事だな。ワッツ爺さんも焦ってるらしい」

飲料水が詰まった樽《たる》をぐるぐる巻きにしたロープに荷揚げ用滑車の鉤爪《かぎづめ》を引っかけながら、ジェフリーが言った。

「まあ、敵さんがいつ来るか判らないから、一刻も早く海に出て、網を張っておきたいんだろうけど」

「網を張っておく……ってことは、長い航海になりそうなのか？」

ナイジェルの問いに、ジェフリーは肩を竦めた。

「さあ。長くなるかもしれないし、すぐに帰ることになるかもしれない。全ては相手次第だ。ミニアが言ってたスペイン船が見つからないってことも考えられるし、そうなったら別の獲物を探す必要がある。船もタダじゃ走らないからな」

ナイジェルは不安を噛みしめた。小さな船でプリマス湾内を帆走した経験しかない者にとっては、ドーヴァー海峡を越えるだけでも大した冒険だ。

「おまえは行ったことがあるんだよな。ネーデルラントの海って、どんな感じ？」

「複雑な潮流があるし、沿岸は岩礁だらけだ。満干潮の差が大きい上に浅瀬が多いから、しょっちゅう測深してなくちゃならない」

ナイジェルは顔から血の気が引いていくのを感じた。

「つまり、座礁の危険があるってこと？」

「そう、そう」

頷いてから、ジェフリーはナイジェルの様子に気づき、慌てて言った。

「そんなに心配しなくても大丈夫だよ。俺達にはミニアがついてる。あいつにとって、あの辺りの海は庭みたいなもんさ」

「ああ……そうなんだろうな」

ナイジェルは気弱げな笑みを浮かべた。嫌いな人間に頼らなければならないほど惨《みじ》めなことはない。だが、ナイジェルがそんな気持ちになっていることなど夢にも思わないジェフリーは、もっと安心させようとして、ミニアがいかに優れた男であるかを力説した。

「ミニアの親父は有名な船大工なんだって。だから、あいつも構造とかに詳しくて、ドレイク船長の親戚で、海軍主計官になったホーキンスさんがエリザベス女王の命令で王室の船を新造したときも、意見を聞かれてた。ネーデルラントの船はイングランドの船に比べて、少ない人数で動かすことができる。規模のわりには荷物も積めるしな。ドレイク船長もそうだけど、腕のいい船乗りは自分の航海にどんな船がふさわしいかを知ってるんだ。ミニアの忠告に従って造られた『ヴァンガード号』は安定性が高くて、荒っぽいイングランド海峡の波にもビクともしないって、ホーキンスさんも大喜びしてるよ」

ナイジェルは皮肉っぽく言った。

「そんなに凄《すご》い船を造れるなら、船大工になった方がいいんじゃないか。きっと引っ張りだこになって、私掠《しりゃく》船乗りをしているよりも金持ちになれるだろう」

ジェフリーは頷いた。

「まあね。ミニアもそう思って、一度は船を下りたんだ。ブリストルの船主に誘われて、あっちに工房も構えた。でも、本人も言ってたけど、しばらく陸の生活が続くと、海に出たくて、出たくてたまらなくなるらしくてさ。ときどき、奥さんの目を盗んで古巣に帰ってくるんだ」

ナイジェルは聞いた。

「彼の古巣はネーデルラントだろう。そもそも、何で彼はイングランドの船に乗ってるんだ?」

「フェリペの軍隊に故郷を燃やされちまったからだよ」

スペインに対する反感が、ジェフリーの美しい目を険しくさせる。

「新教徒の反乱を弾圧するために、アントウェルペンをぶっ潰《つぶ》したんだ。ミニアの親父はアムステルダムに逃げてまもなく死んじまった。家も仕事も失って、気落ちしたんだろう。ミニアは漁船で働いて母親を養ってたんだけど、一年も経たないうちにそのおふくろさんも亡くなったそうだ」

「そうか……それは気の毒だったな」

ナイジェルが同情すると、ジェフリーも頷いた。

「スペインのことは憎んでも憎みきれないだろうさ。あいつら、カトリック以外の人間は虫けらみたいに思ってるんだ。ルター派、カルヴァン派、もちろんイングランド国教会派も皆殺しにしようとしている」

ナイジェルは拳を握り締めた。

「そうそう奴らの思い通りになってたまるか」

「まったくだ。俺達の国のことは放っておいてもらおう。大体、あいつらは極端すぎる。人でも、街でもすぐに燃やしたがるし」

「後先を考えない馬鹿者だからだ。片っ端から人を殺してしまえば、国に納められる年貢も少なくなる。結局、自分で自分の首を絞めていることに気づいていないのだからな」

「ふん、フェリペは貧乏になりたいのさ。その方が天国の門を潜りやすいって、カトリックの坊主どもに言われてるんだろ」

愛国心が燃え上がった二人は、しばらくスペインの悪口を言い合う。

そこに噂《うわさ》のミニアが通りがかった。

「手が留守になってるぞ」

彼はジェフリーの尻《しり》を叩くと、舷門に渡された板を渡っていく。甲板に立った彼は、再び樽にロープをかけ始めた少年達に向き直った。

「天気は下り坂だ。一旦海が荒れたら、湾内に閉じ込められちまう。宝を満載したスペイン船が通り過ぎていくのを、指を銜《くわ》えて眺めてるなんて目に遭いたくなかったら、せっせと働け」

「判ってるよ！」

イーッと舌を突き出したジェフリーを笑って、ミニアは姿を消した。ナイジェルを完全に黙殺して。

（俺なんか、頭数にも入ってないってことか）

ナイジェルは唇を噛みしめる。人間の心は不思議だ。いちいち絡まれるのも頭に来るが、無視されるのも腹立たしい。

（あんたがその気なら、俺だって……！）

ミニアが自分を歯牙《しが》にもかけないというのなら、自分も彼のことなど目に入っていないように振る舞ってやる。ナイジェルはそう決心すると、苛立《いらだ》ちに任せてロープを結ぶ手に力を込めた。

西風が吹く前にプリマス港を出航した『キャサリン号』は、小雨混じりの強風に背中を押されながら、陰鬱な灰色に染まる北海へと向かっていた。狭窄《きょうさく》したドーヴァー海峡に押し寄せる波は高く、当然のことながら船は前後左右に激しく揺れ、乗員の足元をふらつかせている。

いや、ふらつくどころか、すでに立ち上がることもできない者もいた。いつものように船酔いに苦しめられているナイジェルである。

「……っ」

もう何度目だろうか。よじれるような痛みが胃を襲う。ナイジェルはのろのろと上半身を起こすと、ジェフリーが用意してくれた木桶に顔を突っ込んだ。口を開くが、もう何も出てこない。それでも続く強い吐き気に、ナイジェルは喘《あえ》ぎ、涙を滲《にじ》ませ、骨張った肩を波立たせた。

（苦しい……苦しい……っ）

港を出たのは二日前——その間、水以外のものを口にしていないナイジェルはやつれ果て、体力も落ちる一方だった。そのせいでうつらうつらしてしまうことが多いのだが、熟睡しているわけではないので、今のように気分が悪くなると、すぐに目が覚めてしまう。

（いっそのこと、気を失うことができれば楽なのに……）

だが、そんなナイジェルの願いを嘲笑《あざわら》うように、意識は現《うつつ》にしがみつく。まったく人生というのは思い通りにならないことばかりだ。ややして吐き気の波が過ぎて、木桶から顔を上げたナイジェルは、再び頽《くずお》れるように床に横たわった。

（情けない）

まだ涙が滲む目でカンテラの揺れる天井を見上げる。船室に残っているのはナイジェルだけだった。他の者は雨に濡れそぼる甲板で、忙しく立ち働いているのだ。

(それなのに、俺は寝てばかりで……みんなも頭に来ているだろうな)

ジェフリーにも呆《あき》れられてしまったかもしれない。そう思うと鼻の奥がつんと痛くなって、ナイジェルは両腕で顔を覆った。苦痛のために自然と湧《わ》き上がる涙を抑える術《すべ》はない。だが、己れを哀れむ涙を流すことはできなかった。そんな惨めな真似はしたくない。どれほど落ち込んでいようと。

(人には向き、不向きというものがある。もしかしたら、俺には船乗りという職業は向いてないのかもしれない。でも、本当にキャサリン号を下ろされるような羽目に陥ったら、どうすればいいんだ?)

調子の悪いときは、つい悲観的になるものだが、ナイジェルの脳裏に浮かび上がるのも暗い考えばかりだった。

(どこにも行き場がない。もう、面倒を見てくれる母さんもいないのに……)

心細さに胸を締めつけられたナイジェルは、赤子のように身体を丸める。しかし、自分で自分を抱きしめたところで、少しも心は安らがないし、寂しさが癒《いや》されることもない。それどころか、孤独感が募る一方だった。

(俺は何もできない。何の役にも立たない。誰にも必要とされない奴なんだ……)

そう思うと、ますます身体から力が抜けていくようだった。ナイジェルは目を閉じ、啜《すす》り泣きのような溜め息をついた。


「……だよ」

どれくらいの時間が経ったのだろうか。

ふいにジェフリーの声が耳に飛び込んできて、ナイジェルはハッと瞼を開けた。

「ハラ減った。何か温かいもんが食いてー」

「無理だな。この天気じゃ、竈《かまど》に火は入れられない」

ミニアも一緒だ。ナイジェルは息を殺し、背後で交わされる会話に耳を傾ける。

「あーあ、ビスケットとエールだけじゃ、意気も上がらないぜ」

ジェフリーのぼやき声に続いて、ジャーッと水の滴る音がした。どうやら、びしょ濡れになった服を脱いで、汚水溜めに絞っているらしい。

ミニアが聞いた。

「着替えるのか?」

先程より小さい水音があがった後で、ジェフリーが言う。

「ううん。どうせ、また濡れるし。でも、肌にくっついて気持ち悪いから、横になってる間だけ脱いでおこうと思って。この上、一枚きりの毛布まで湿っぽくなるのは嫌だからさ。あんたもそうしたら？」

「ああ」

「それにしても脱ぎにくいな」

「腕を上げろ。引っ張ってやる」

「痛ッ！　髪まで摑むなよ」

「女じゃあるまいし、伸ばしすぎだ」

「みんな、綺麗だって言ってくれるのに」

「おまえには謙譲の心というものが備わっていないのか？」

「事実なんだから、仕方ないだろ」

「性悪め」

二人は談笑しながら、服を取り去っていた。だが、その声がふいに途絶える。

（どうしたんだ？）

ナイジェルはそっと首を巡らせ、様子を窺《うかが》った。そして、次の瞬間、ぎょっとして起きあがる。上半身裸のミニアとジェフリーがキスをしていたからだ。大きな手がジェフリーの細い腰を引き寄せ、ジェフリーの指先が短いミニアの髪を掻き乱している。友愛や親愛を示すキスと呼ぶには、あまりにも情熱的すぎるものだった。

「な……な……な……」

言葉もないナイジェルに気づいて、二人が振り返る。

「やれやれ、必要なときには起きないで、いらぬときばかり起きてくるんだからな」

ミニアは苦笑を浮かべると、ジェフリーを見た。

「興ざめだ。エールでも飲むか。おまえは？」

「まだいい」

「判った。じゃあな」

ミニアはジェフリーの尻を軽く叩くと、船室の端にある格子蓋を開けて、食料庫へ下りていった。

「なんで、あんなことを……！」

白っぽい金髪が視界から消えるのを待って、ナイジェルはジェフリーに噛みつく。

「たかがキスに大げさな」

ジェフリーは溜め息をつくと、ナイジェルの傍らにしゃがみ込む。

「でも、俺を怒鳴りつける元気が出てきたのは、いい傾向だ」

「話を逸《そ》らすな！」

ナイジェルは目にかかる髪を払おうとしたジェフリーの手を叩き落とした。

「神の怒りに触れて、船が沈没したらどうするつもりだ？」

ジェフリーは溜め息をつくと、馬鹿にしたように言った。

「あれぐらいのことでいちいち沈没してたら、イングランド中の船がなくなっちまうぜ。長い航海にかよわい女を連れていくことはできない。でも、神様が定めた自然の摂理で男の欲望を抑える術もない。必要に迫られた哀れな水夫どもはご同類か、船上で飼ってるヤギやヒツジを相手にするしかないんだよ」

「何て罪深い……！」

ナイジェルは怖気《おぞけ》をふるった。

「そんな汚らわしい真似をするぐらいなら、死んだ方がましだ。ヤギやヒツジと同じように扱われるなんて、冗談じゃない」

「ま、考え方は人それぞれだな」

ジェフリーは苦笑を浮かべると、立ち上がった。

「さてと、俺もエールをもらってくるか。本当はブランデーの方が身体が暖まるんだけど、ワッツ爺さんの許可がいるからな」

ナイジェルはとっさにジェフリーの濡れたホーズを摑んだ。

「もう、ミニアとは……」

「しない。エールを飲んでくるだけだ」

ジェフリーはナイジェルの髪を撫《な》でて、優しく言った。

「おまえの嫌がるようなことはしないって誓うよ。だから、妙な気を回してないで、早く元気になれ。いいな?」

聞き分けのない弟をなだめるような口調だ。実際、ジェフリーはナイジェルを子供扱いしているのだろう。それについては不満を感じていないわけではなかったが、ナイジェルはこくりと頷いた。ジェフリーの誓いは信じるに値する。彼がしないと言えば、本当にしないのだ。

「よし」

ジェフリーは微笑み、もう一度ナイジェルの髪をくしゃくしゃと掻き乱すと、船倉へ下りていった。

ナイジェルは壁にそって並べられたシーチェストに背中を預けて、がっくりと目を閉じる。あまりの驚きに船酔いは治まったが、かといって気分が良くなったわけでもない。

(あいつ、当然みたいにジェフリーを抱きしめていた。奥さんがいるのに……)

ナイジェルは拳を握り締めた。ミニアに対する反感がますます膨《ふく》れ上がっていく。彼の方がつき合いが古いということは判っていても、自分よりジェフリーを知っていることが許せなかった。ナイジェルにとって、ジェフリーはかけがえのない、ただ一人の親友なのだから。

3

海峡を抜けて北海に出ると、僅かに天候が回復した。

相変わらず、空はどんよりと曇っているが、少なくとも風雨は治まっている。つまり、波も穏やかになったということだ。

「いい加減に起きてこい。足元がふらついていても、ヤギに餌《えさ》をやることぐらいできるだろ。草を食べさせたら、甲板に連れてこい。ヤギが運動している間に、おまえは小屋の掃除をするんだ」

水夫長のザックの濁声《たみごえ》に促されて、ナイジェルはずきずき疼《うず》く頭を何とか持ち上げる。そして、鉛のように重い身体を引きずって、隔壁の向こうで飼われているヤギに会いに行った。

「やあ、カリダス。久しぶり」

ラテン語で『狡猾』と名づけられた灰色の雌ヤギは、剣呑《けんのん》そうな眼をナイジェルに向けると、騒々しく鳴き出した。どうやら注目されているとき以外は、無駄な体力を使わないでおこうと心に決めているようだ。ヤギの蹄は緑溢《あふ》れる大地を踏みしめるためにある。だから、平坦で滑りやすい船材の上に立った場合、船が揺れるたびに転倒しないよう、常に四肢を踏ん張っている必要があった。そのせいで時化《しけ》の後は非常に疲れているし、不機嫌になってしまう。

「ほら、お食べ」

ナイジェルは乾いた牧草を餌箱に入れた。そして、早速頭を突っ込んだカリダスの背中を撫でてやる。

よほど空腹だったのだろう。ヤギは何をされてもおかまいなしで、ひたすら草を咀嚼《そしゃく》していた。

絶え間なく左右に揺れる小さな尻尾《しっぽ》に、ナイジェルは口元を緩める。

(動物って可愛いな。ずっと見ていても飽きないし、ぎゅっと抱きしめたくなる)

そんなことを思っていたナイジェルの脳裏に、ふとジェフリーの言葉が浮かび上がってきた。

「航海にかよわい女を連れていくことはできない。神様が定めた自然の摂理で男の欲望を抑える術もない。必要に迫られた水夫どもはご同類か、船で飼ってるヤギやヒツジを相手にするしかないんだよ」

改めてせわしげに動いているカリダスの尻尾を見て、ナイジェルは眉《まゆ》を顰《ひそ》める。

(本当にあんなところに……?)

年の割にませているジェフリーのおかげで、その年にしてはうぶなナイジェルも男同士がどのように性交するかは知っていた。まだ『抑えがたい男の欲望』などと言われてもピンと来ないナイジェルには、地獄へ墜ちるような罪を犯してまで、そんなことをしたがる気持ちが判らなかったが。

（相手はヤギだぞ？　大体、いつしてるんだ？　皆が寝静まった後か？）

華奢なカリダスの身体にのしかかっている男の姿を想像して、ナイジェルはぶるっと身震いした。まったく、どちらが獣か判らないような所業だ。

（今のところ、この子は無事だと思うけど……）

誤って海に転落したり、甲板を洗い流す大波にさらわれないように、普段カリダスは粗末な壁で仕切られた船室の一角で飼育されている。

つまり、カリダスの小屋と水夫達の寝室は、薄い一枚の板で仕切られているに過ぎなかった。無体な真似を強いられたカリダスが騒ぎ出せば、すぐに他の人々の知るところになるだろう。船室は人の出入りが激しいので、二人きり――いや、一人と一匹になることも難しいはずだ。

（変な奴が来たら、大声で鳴くんだぞ。神様、この子を淫《みだ》らな人間達からお守り下さい）

ナイジェルは雌ヤギの無事を祈った。そして、カリダスが牧草を食べ終わるのを待って、荒縄の首輪をつけると、甲板へ連れていく。

「穀潰《ごくつぶ》し野郎が墓穴から這い出してきたぜ」

砂の撒《ま》かれた甲板を砥石《といし》で磨いていた平水夫のマーティンは、ナイジェルの姿に気づくと、嘲《あざけ》るように言った。

「よお、坊や、ヤギを引く姿が堂に入ってるな。船酔いが治らねえってんなら、さっさと陸に上がって、ヤギ飼いにでもなったらどうだい？」

隣にいたクリスも鼻で笑った。

「眩暈《めまい》がするからマストに登れねえ、なんてなまくらは『キャサリン号』には必要ねえ。俺たちゃ、これからスペイン野郎をやっつけに行くんだぜ。死人みてえに真っ青なツラを見ているだけでもむかつくし、意気も下がるってもんよ」

マーティンは『その通り』というように頷き、冷ややかにナイジェルを見やった。

「足手まといもいいところだ。なんで、お頭はおまえみてえなガキを乗せる気になったんだろうな？」

「ジェフリーに泣きつかれたからだろ」

「お頭もヤキが廻ったな。船はガキの遊び場じゃねえってのに」

何も言い返すことはできない。彼らの言うことはいちいちもっともだった。こみ上げる屈辱感をぐっと嚙みしめて、ナイジェルは唇を引き結ぶと、マーティン達の前を通り過ぎ、船首に向かった。

「お、繕いもんか。ついでに俺のホーズの鉤裂《かぎざ》きも直してくれねえかな？　どうも針仕事は苦手でよ」

「いいぜ。さっさと脱ぎな」

舵《かじ》のある船尾が船長や航海長ら上級船員のものならば、船首は水夫達の縄張りだ。

ナイジェルが訪れたときも、当直を外れた男達が破れた衣服を繕ったり、仕事の邪魔にならないように伸びた髪を三つ編みにしたりして、それぞれにくつろいでいた。

（船に乗ると、普通は女の人がしてくれることも自分達でする必要がある。だから、男を女の代わりにしようなんてことも考えつくのかもしれない）

ナイジェルは互いの髪を編みながら、静かに談笑しているロビンとウォーリーを見た。仲間内では最も年が近く、よく話をする二人組だ。ジェフリーとナイジェルに負けないほど仲睦《なかむつ》まじく、四六時中くっついている。

「タールを寄越しな。ほつれちまわないように髪を固めとくから」

「おう」

それは見慣れた光景だった。

しかし、ナイジェルは彼らの姿に、いつもとは違う印象を受けていた。

（俺達みたいな親友同士だと思ってたけど、ロビン達は違うのかもしれない……）

ウォーリーの首筋に張り付く後《おく》れ毛を掻き上げ、優しく指で梳《す》いてから、丁寧に三つ編みにしていくロビンの手つきには愛情が滲んでいた。編み終わった後、見交わす視線にも、他の者が立ち入れないような親密さがある。ロビンが微笑み、ウォーリーが笑みの浮かんだ頰《ほお》を撫でる様子などは、まさに恋人同士のようだった。

いや、まさに彼らは恋人なのだろう。ナイジェルが今の今まで気づかなかっただけで。

（ジェフリーが言った通りだ。キスぐらいでは船は沈まない。それ以上のことをしたって、沈んでいないんだから）

ナイジェルはカリダスの首輪から伸びた綱を手近のビレイピンに結びつけると、また見るともなしにロビン達を振り返った。

キリスト教会は同性愛者を罪深き者と糾弾《きゅうだん》している。男色行為をした者は神の罰を受け、永遠に呪《のろ》われる、と。

だが、二人の思いやりに溢れた仕草を見ている限り、彼らが怖ろしい罪を犯しているようには思えない。むしろ、心温まる情景のようにも感じられた。

（少なくとも、ジェフリーとミニアがキスをしていたときに感じたみたいな嫌悪感はないな……）

その差はどこにあるのだろう。

ナイジェルは考え、すぐに答えを得た。ロビン達のことは人それぞれだと突き放すことができるからだ。だが、ジェフリー達のことは、そんな風に思えない。ジェフリーに関係する事柄は、ナイジェルには他人事《ひとごと》ではないからだ。

（ジェフリーはミニアのことを、どう思っているんだろう？　単に欲望を処理し合う相手？

それとも、もっと大事な存在なのか？）

やはり、そこが問題だった。

ナイジェルは、ミニアにジェフリーを奪われてしまうのが怖いのだ。

（同性愛は罪だからなんて口実に過ぎない。感心しない話だけど、ジェフリーが寝た男はミニアだけじゃないからな）

ジェフリーがかつての情事を告白したとき、ナイジェルは衝撃を受けたものの、不安を感じることはなかった。自分と知り合う前のことだし、相手に何ら心を残していないことも判っていたからだ。

しかし、ミニアは違う。今も同じ船に乗っているし、ジェフリーも彼のことが好きなのだから。

（ジェフリーは俺にミニアの話をしなかった。あいつのことだから、単に忘れていたという可能性もあるけど、他の男達と同列に考えていなかったから、名前を出さなかったのかもしれない）

ナイジェルにとって、ジェフリーが見習うべき手本であるように、ジェフリーにとって、ミニアは尊敬する師匠だった。特別な存在であるのが普通だろう。

（ジェフリーの目を自分だけに惹《ひ》きつけておきたいなんて、身勝手すぎると思わないか？　ジェフリーは好奇心が強いし、向学心に燃える人間だ。色々な人と知り合いになって、知識を得

たいと思っている。それを止める権利は、おまえにはないんだぞ）

ナイジェルは自分に言い聞かせた。そう、わがままだということは重々判っている。ミニアにジェフリーを取られてしまうかもしれないと心配しているのも、自分に自信がないからだ。認めるのは悔しいが。

「憂鬱そうだな。まだ気持ちが悪いのか」

ふいにかけられた声に、ナイジェルは慌てて顔を上げる。船室へ続く階段のところに、ミニアが立っていた。よりにもよって、一番会いたくない相手だ。

「ジェフリーに聞いたんだが、おまえが右の視力を失ったのは、つい最近なんだってな」

話の行き先が判らないので、ナイジェルは用心深く頷いた。

「そうだけど……」

「船酔いが酷いのはそのせいだ。両目で見るのと左目だけで見るのとでは、遠近感や平衡感覚が違ってくる。見たいと思うものに照準を合わせようとして目を凝らすから、疲労も大きいしな。おまえと同じで途中で隻眼になった水夫を知ってるが、やはり慣れるまでは苦労していたよ」

ナイジェルはその言葉に希望を見いだした。

「慣れれば、船酔いしなくなるのか？」

「全く酔わないというわけじゃなかったが、楽にはなったらしいな。普通に仕事もしていたし」

「そうか」

ナイジェルの希望はますます膨らんだ。

だが、続くミニアの言葉が、それを容赦なく叩き潰す。

「ただし、平衡感覚の狂いは調整できずに、よくヤードから墜ちそうになっていたよ」

「へえ……」

ナイジェルは肩を落とした。バランスの悪さ。それは高いマストに昇り、機敏に帆の上げ下ろしをしなければならない水夫にとって致命的な欠点だということは、言われずとも判った。

「なあ、おまえは頭がいいらしいし、有力者の父親を持っているという話じゃないか。何もこんな危険な仕事をすることはないだろう」

悄然《しょうぜん》としているナイジェルに、ミニアが追い打ちをかけてきた。

「友達と一緒にいたいという軽い理由だけで船乗りになろうとしているのなら、止めておいた方がいい。水夫は五、六歳から船に乗り込むのが普通だ。おまえはジェフリーと一歳違い――すでに十年の差がついている。この差は大きいぞ。たぶん、ジェフリーを目標にしているんだろうが、生半可な覚悟では追いつけないだろう」

痛い所を突かれたナイジェルは、声を荒らげた。

「判ってるよ、そんなこと……！」

「本当に?」

ミニアはナイジェルの反発を愉《たの》しんでいるような微笑を浮かべた。

「それなら、もう一つ、おまえの目が覚めるような話をしてやろうか」

ナイジェルはミニアを睨《にら》みつけた。

「どんな?」

「来《きた》る日の話だ。いずれ俺は自分の船を持って、ドレイク船長のようにスペインの財宝を積んだ船がうようよしている新大陸に遠征する。そして、そのときはジェフリーを連れていくつもりだ」

愕然《がくぜん》とするナイジェルに、ミニアは頷きかけた。

「あいつにとっても良い経験になるだろう。実の息子にも等しいジェフリーが成長するためなら、ワッツ船長も嫌とは言うまい。もちろん、冒険心に溢れたジェフリーだって一も二もなく行きたがるはずだ。そのとき、おまえはどうする? 判っているだろうが、俺はワッツ船長と違って、役立たずの水夫を雇うほど太っ腹じゃないぞ」

ミニアはぐうの音も出なくなったナイジェルの肩を叩いて、慰めるように言った。

「おまえは船乗りには向いていない。だが、船乗りになることだけが人生ではないことも確かだ。他の道で成功すればいいじゃないか。別に船乗りにならなくても、ジェフリーとは友達でいられるさ」

暗い目で自分を見返すナイジェルにもう一度笑いかけると、ミニアは船尾に去っていった。今の話をするために、ナイジェルが一人きりになる機会を待ち受けていたのだろう。

可愛い弟子にまとわりつく邪魔者を追い払うために。

（ジェフリー）

とっさにナイジェルは親友の姿を探した。

目指す相手は操舵手のジョンの監督を受けながら、舵柄を動かしていた。いつか、自分が操船する日のために。

ジェフリーはミニアが近づいてくるのに気づくと、パッと顔を輝かせ、何事か言った。その瞳に揺るぎない信頼の色を浮かべて。

（ミニアが誘えば、ジェフリーはついていく。西インドでも、どこへでも……そして、俺一人が取り残されるんだ）

ナイジェルは二人に背を向けると、階段を駆け下りた。そして、カリダスの小屋に飛び込むと、声を殺して泣く。涙など流したくはない。絶対にそんな真似はしたくなかったが、もはや我慢できなかった。

（そうさ、俺は船乗りには向いてない。自分でも判ってるさ……！）

残酷な指摘だったが、今度もナイジェルは反論できなかった。ミニアは間違ったことは言っていないからだ。

(もっと早くジェフリーと会っていたら……この右目さえ失わなければ……)

蹲《うずくま》ったナイジェルは拳を壁に打ちつけながら、涙が流れ落ちるに任せた。カリダスが汚した敷き藁から立ち上る目が眩《くら》むような悪臭も、それに拍車をかけてくれる。まったく、暗くて狭苦しい家畜小屋ほど意気消沈するのに相応《ふさわ》しい場所はなかった。そのうらぶれた雰囲気に浸りきったナイジェルは、思い通りにならない人生を呪い、已れをとことん哀れんだ。

そうして、どれぐらいの時間が経っただろうか。

ようやく首を起こし、シャツの袖《そで》で濡れた頬を拭《ぬぐ》ったナイジェルは、ぼうっと霞《かす》む目を壁に向けた。こんなに泣いたのは久しぶりのことだ。もしかしたら、母のエセルが死んだときよりも泣いたかもしれない。

(あのときはジェフリーが慰めてくれた……)

だが、今回は誰にも泣きつくことはできない。

自分一人で立ち直るより他はなかった。

ナイジェルは深呼吸をして、ふと気づく。先程までどろどろとした感情が蟠《わだかま》っていた胸が、一種の空虚さを感じるほどに晴れていた。土砂降りの涙に洗い流され、まっさらの心に戻った感じと言えばいいだろうか。

その凪《な》いだ心で、ナイジェルは思った。

(俺はいつも誰かに支えられて生きてきた。困っているときは誰かが助けてくれた。子供の頃は母さんが。母さんがいなくなってしまった後はジェフリーが。でも、その優しさに甘えているうちは一人前とは言えないんだ。本当に自分の力ではどうにもならないときに助けを求めるのはいいとしても、人の力ばかりを当てにするのは恥ずかしい。それでは何もできない赤ん坊と同じだからな）

そして、ナイジェルはミニアの話も冷静に振り返ることができるようになった。

（そう、彼の言葉は正しい。ジェフリーは俺より十年も早く船に乗った。その経験の差を埋めるのは並大抵のことじゃない。でも、不可能というわけでもない。努力をすれば、少しずつでも差は埋まっていく。要はその努力を続けることができるかなんだ）

ナイジェルはやってみようと思った。ここで諦《あきら》めてしまえば、それきりだ。ジェフリーはミニアについていき、ナイジェルの夢は破れる。だが、ナイジェルが一人前の、いや、ミニアも欲しがるほどの優秀な船乗りになれば、ジェフリーと別れるようなことにはならないだろう。

（隻眼に慣れれば、船酔いも軽くなる。ヤードでの仕事は細心の注意を払えばいい。あれこれ考える前に、まずやってみることだ。人が何と言おうと、もっと自分を信じて）

ミニアは『船乗りになるだけが人生ではない』と言った。

だが、ナイジェルはどうしてもなりたいのだ。自分には無理だと納得できるまで、諦めることはできなかった。

（確かに船乗りにならなくても、ジェフリーとは友達同士でいられるだろう。でも、それでは

『メイト』と呼び合うことはできない。俺はジェフリーの航海長になると誓ったんだ。ジェフリーが必ず誓いを守るように、俺もそれを蔑《ないがし》ろにすることはできない）

心を決めると、ナイジェルは立ち上がった。

そう、二本の足で立つことは容易《たやす》い。だが、精神的に独り立ちすることは難しかった。とはいえ、人間、いつかは自立しなければならないときが来る。優しい子供の時代に別れを告げなければならない日を迎えるのだ。そして、ナイジェルにとっては、今日がその日だった。

（ジェフリーに置いて行かれるのが嫌なら、追いつく努力をしなくては）

ナイジェルは思う。今までの自分は口先ばかりだった。だが、これからは口にしたことは必ず実行する男になる。

「俺はジェフリーのメイトだ。いつか、必ずジェフリーの航海長になってみせる」

言ってしまった。ナイジェルは微笑む。言ってしまったからには、もう後戻りはできない。どれほど辛《つら》いことや苦しいことがあろうと、前に突き進むだけだ。

「さて、と」

まずは与えられた仕事をこなさなくてはならない。ナイジェルは腕まくりをすると、小屋の隅に立てかけてあったレーキに手を伸ばした。そして、汚れた敷き藁をかき集める。悪臭に顔を顰《しか》めながらも元気よく。

4

『キャサリン号』はスペイン船を待って、オーステンデ沖で漂泊することになった。

「下手舵！」

　ワッツ船長の号令と共に、ジョンが舵柄を引いた。

　まもなく舵が波を掻《か》き分けるザザッという音がして、船首が回り始める。いっぱいに開いたフォア、そしてミズン・マストの各セールが風を孕《はら》んだ。

「メン・ヤードをスクウェアに！」

　船長の指示を水夫長のザックが部下に伝える。

「メン・ヤード、シートを引けぇ！」

　ザックの言葉が終わるか終わらないうちに、水夫達は帆索に思い切り引っ張った。これで前檣《ぜんしょう》と後檣の各ヤードは右肩下がりになり、主檣のヤードは船の正面を向くことになる。そうして、帆をジグザグに配置することによって、風の力を相殺《そうさい》し、船足を止めるのだ。

「よーし、フォースルを絞れ」

前檣の大帆が手早く畳まれ、もう一度下手舵を切ると、船はゆっくりと海面を漂うだけになった。

（これが真横から風を受けながら停止する方法か）

ナイジェルは頭の中でもう一度手順をおさらいし、各ヤードの向きを正確に記憶した。

帆船を動かすのは風の力だ。しかし、行き先によっては風に逆らって走らなければならないときもある。それを可能にするのは帆と舵だった。

（舵で船の向きを変える。ヤードを開いて、帆の向きも変える。そうして最も風を捉《とら》えられる環境を作ってやれば、逆風の中でも船は動き出す。反対に風の流れを妨害するように帆を配置すれば、今みたいに走ることを止める。全ては帆と舵をどう動かすかにかかっているんだ）

ワッツのように経験豊かな船長であれば、どのような状況下でもすぐに最も相応《ふさわ》しい組み合わせを思いつくことができる。

だが、海は相手を選ばないので、新米の船乗りが緊急事態に陥ることも大いにあり得た。

（例えば、俺だ。俺以外の人間が流行病《はやり》で倒れてしまったら、一人で船を動かさなくちゃならなくなる。嵐に遭遇したときは、どうすればいいのか。反対に凪《なぎ》のときは？　座礁の危険のある海で回転する方法は？　誰にも助けてもらえないなら、自分で何とかするしかない）

ナイジェルはそんなときも慌てないでも済むように、日頃からワッツ船長の操船法を目で盗み、次々と脳裏に叩《たた》き込んでいった。幸いナイジェルはキャビンボーイだったので、帆の上げ下ろしは免除されている。だから、ワッツ船長の背中にくっついて、彼の命令やちょっとした独り言、上級船員達との会話を聞くことができた。そう、今のように。

「しかし、スペインって国も判らねえな。ネーデルラントと戦争をしているのに、その国から品物を買いつけるなんてよ。それって、敵に塩を送りつけるようなもんじゃねえか。ネーデルラントの奴らも、よく憎み合っている相手と商売する気になるぜ。自分の家や街を蹂躙《じゅうりん》した奴らと仲良くできるんなら、反乱なんぞ起こさなけりゃいいんだ」

　ワッツの言葉に、ミニアは肩を竦《すく》めた。

「仲が良くないから、商売してるんですよ。憎い奴らから、できるだけ金をふんだくってやろうと思って」

「まあ、それも一理あるな」

　ワッツは白髪混じりの顎鬚《あごひげ》を撫《な》でながら言った。

「ところで、俺達が狙《ねら》っているのはスペインが雇ったとはいえ、ネーデルラントの船なんだろう？」

　ミニアが頷《うなず》く。

「その通りです」

「しかも、この海域を縄張りにしているのもネーデルラントの船ばかりだ。どうやって、俺達の船を見分けりゃいい？」

「喫水線の位置を確かめることですね。宝をいっぱい積んでいれば、喫水線が下がるでしょう？」

ワッツは眉《まゆ》を寄せた。

「本当に？　目印はたったそれだけなのか？」

ミニアはニヤリと笑った。

「冗談ですよ。船の情報をくれたのは、アントウェルペンの幼なじみでしてね。スペイン人が雇ったのは、なんと俺の父親が最後に作った『デ・ギースト号』、英語で言うところの『スピリット号』だそうです」

ワッツは驚いた。

「偶然だな。それも幸運な巡り合わせだ」

「ええ。天国の父が、ちょいとばかり息子を裕福にしてやろうと思ってくれたんでしょう。とにかく、デ・ギースト号なら一目で判ります。俺もキールの切り出しから仕上げまで関わっていましたからね」

「心強いぜ。今度の航海ばかりは、おまえさんがいなけりゃ、どうにもならなかったな」

確かにそうだと、ナイジェルも思った。ミニアは船の構造にも詳しいし、ネーデルラント近海のことを知り尽くしている。

（彼がいなかったら、キャサリン号も座礁してしまったかもしれない）

ジェフリーも言っていたことだが、この辺りの海は浅瀬が多くて、本当に危険だった。下手に迷い込んだら、二度と出られなくなってしまうだろう。

（ミニアはずば抜けて優秀な船乗りだ。ジェフリーが尊敬するだけのことはある）

やはり、好きにはなれないが、ナイジェルは素直にミニアの才能を認めることができるようになった。そして、謙虚な気持ちでミニアを見習うことも。

（航海士の務めは船を目的地まで安全に導くことだ。そのためには海のことを良く知らなくてはならない。ミニアがネーデルラント近海を自分の庭にしているなら、俺は世界の海を庭にしてやる）

勉強しなければならないことは、決して尽きることがない。覚えることがいっぱいあって大変だが、ナイジェルはそれを楽しんでいた。ワッツ船長に航海術の教本を借り、数字と格闘するのも悪くなかった。ラテン語と同じで、数学は公式という名の規則を覚えてしまえば、すらすらと理解が進む。順を追って問題を解いていけば、きちんと答えが――それもただ一つの正解が出るところも、実にナイジェル好みの学問だった。おかげで朝まで熱中してしまい、寝不足になることもしばしばだ。

「船酔いするからってあんまり食べないし、夜も眠らない。そんなことをしてると、今に身体を壊すぞ。ちゃんと睡眠を取らないと、疲れがとれないだろうが。ワッツ爺《じい》さんの鏡に顔を映してみろよ。頬《ほお》は痩《こ》けているし、目の回りも黒く隈《くま》取りされちまってるじゃないか。凄《すご》く綺麗な灰青色の瞳なのに」

ジェフリーが心配して、声をかけてきたのも一度や二度ではない。その度にナイジェルは微笑《ほほえ》み、何でもないと言ってきた。

（強がりだ。さすがに集中力が落ちてきているから、今日あたりはぐっすり眠ろう）

二時間後、ナイジェルはワッツ船長が休息を取りに行くのを待って、自分も船室に下りていった。

「ふぁ……あ」

定位置に座って欠伸《あくび》をし、ごろりと横になった途端、ナイジェルの意識は遠退《とおの》いていく。すでに疲労の極に達していたらしい。

（物凄く疲れている。でも、気分は悪くない）

それは自分を甘やかすことなく、限界まで突き進むことができたからだろう。ナイジェルにとって、今の自分にどんなことができるのか、どこまでできるのかを調べるのは重要なことだった。その限界を越える算段をするためにも。

（昨日より今日、今日より明日――一日を終えるとき、俺は少しだけジェフリーに近づく。だけど、ジェフリーも毎日成長しているから、なかなか差は埋まらないんだ。もしかしたら、永遠に）

それでも自分は努力を続けるだろうと、ナイジェルは思った。誓いを守るため。そして、いつかジェフリーに並び立つ日を夢見て。

（一緒の船に乗って、どこまでも……どこまでも……）

ナイジェルは微笑んだ。そして、ハチミツの中に落ちた虫のように、もはや四肢を動かすこともできず、眠りの神ヒュプノスが差し出す枝で額を擦《こす》られた人のように、うっとりと甘い憩《いこ》いへと引き込まれていった。

「大丈夫かな、こいつ？」

次にナイジェルが目覚めたとき、船室の中には複数の人の気配があった。聞き慣れた声――ジェフリーだ。

「何があったか知らないけど、急に頑張りすぎだよ。船酔いも続いてて、こっそり吐いてるんだぜ。でも、俺の前では絶対に弱音を吐かない」

「ふむ、根性もあるらしいな」

もう一人いる。こちらの声も聞き覚えがあった――ミニア・グリフュスその人だ。

ナイジェルはそーっと寝返りをうち、瞼《まぶた》を閉じたまま、二人の話に耳を傾ける。

「真っ青な顔をしているのを見ると、こっちの方がハラハラするよ。それなのに俺に見られてるって判ると、にっこり笑ったりして！」

ミニアが聞いた。

「心配なのか？」

「当ったり前だろ。メイトなんだから」

「ああ。確かにいい相棒だ」

ナイジェルは思わず目を見開いた。まさか、ミニアが自分のことを褒《ほ》めるとは思っていなかったからだ。そろそろと視線を上げると、ジェフリーの肩を抱いているミニアの姿が見える。その親密そうな様子に、ナイジェルはまた二人がキスでもするのではないかと気が気ではなくなった。

（ジェフリーにその気がないとしても、ミニアの方は判らない。まだ子供のジェフリーに手を出すような奴なんだし……）

すると、そんな心の声が聞こえたように、ミニアがナイジェルを見下ろした。そして、ナイジェルが目覚めていることに気づくと、僅《わず》かに唇の端を上げる。

「おまえにしちゃ、上玉を見つけたよ。この坊やには背中を預けられる。世の中広しといえど、自分の命を委《ゆだ》ねる気になれる人間はそう多くない。せいぜい大事にするんだな」

ミニアの言葉に、ジェフリーは頷いた。

「もちろん！　ナイジェルとは一生離れない。初めて見たとき、そう感じたんだ。理由は判らないけど」

「運命の相手というわけか」

「恋人ではなかったけどね」

ミニアは腕をジェフリーの腰に移すと、ぐっと引き寄せ、自分の方に向き直らせた。

「恋人はここにいるだろう？」

キスをする――――ナイジェルは身を強ばらせた。

だが、次の瞬間、ジェフリーの手が上がって、近づいてくるミニアの口元を覆った。

「だめ」

ミニアは首を振り、ジェフリーの手から逃れた。

「どうして？」

「ナイジェルが怖がるから」

ミニアは眉を寄せた。

「怖がる？」

ジェフリーは微笑んだ。

「男同士でキスをすると、船が沈むかもしれないってさ。ナイジェルは心正しきキリスト教徒なんだ。ルター派なら牧師、国教会派なら司祭になれるほど」

「だったら、カトリックの神父になればいい。今時珍しい本物の童貞だから、歓迎してもらえるぞ。特に汚らわしい女の手が触れていないということで、男色家の神父達からな」

ミニアはちょっとした毒を吐くと、ジェフリーに背を向けた。

「酒でも飲まなきゃ、やってられんな。お頭に頼んで、強いやつをもらおう」

「だったら、船長室にあるブランデーが一番だよ」

「判った」

ジェフリーは階段を上がろうとするミニアに声をかけた。

「ありがとう」

ミニアは足を止め、腰を屈《かが》めて、ジェフリーを見た。

「なにが？　キスを諦《あきら》めたことか？」

「ナイジェルを認めてくれたことだよ」

ジェフリーは床に跪《ひざまず》くと、慌てて眼を閉じたナイジェルの髪を優しく梳《す》いた。

「あんたが真っ先にこいつの良さを認めてくれた。それが嬉《うれ》しいんだ。あんたはいい船乗りだからね。たぶん、ドレイク船長とワッツ船長の次ぐらいに」

ミニアは言った。

「ま、今はその辺りだろうな」

「今は？」

「いずれ、上の二人を追い抜く日も来るだろうってことさ」

ジェフリーは声を上げて笑う。

「大した自信家だ」

「そうだ。仮にも船長を志す者が他人の後塵《こうじん》を拝してどうする。自信を持たない男に人はついてこないぞ。最も大事なのは、その自信に見合う実力だがな」

「肝に銘《めい》じておくよ。いつか、この世で一番の船長になる日のために」

今度はミニアが笑う番だった。

「もう一つ、覚えておけ。俺がいる限り、おまえはせいぜい二番がいいところだ。じゃあな」

足音がして、ミニアの気配が消える。

ジェフリーはナイジェルの濃褐色の髪を撫でていた手を、頬に滑らせた。

「起きてるんだろ？」

ナイジェルは観念して、瞼を上げた。

「起きもするよ。あんな大声で話をしていたら……しかも、俺の話を」

ジェフリーは自分と向き合って座ったナイジェルに微笑みかける。

「褒められたんだから、悪い気はしないだろう？　恥ずかしがり屋のおまえの代わりに、礼も言っておいたし」

ナイジェルは苦笑した。確かに、ジェフリーのようにすんなりと感謝の言葉を口にすることはできないかもしれない。

「な？」

ジェフリーはナイジェルの額に自分のそれをくっつけた。

「意地の悪いことも言ったけど、人は悪くないだろ？」

ナイジェルは頷いた。ミニアに対するわだかまりを捨て去って。

「ちょっと好きになってもいいかなって思ったよ」

5

「セール・ホー！　スターボード！　ノー・ノー・イースト！」

前檣のトップから『右舷《うげん》北北東に船影』の声が降ってきた。

「今度こそ、お待ちかねの『デ・ギースト』号かな？」

甲板に寝そべって、木ぎれを削った手製のチェスで遊んでいたジェフリーが、勢い良く立ち上がる。

「そうであって欲しいね」

ゲームの相方を務めていたナイジェルが、素早く辺りに散らばった駒をボードの上に乗せながら言った。

「そろそろ、期待しては裏切られることにも飽きてきたし」

二人は右舷の舷側に駆け寄り、目を凝らした。

少々、波は高いが、ここ数日続いている好天のおかげで視界は良好だ。しかし、檣楼手《しょうろうしゅ》が発見した船の姿はどこにも見えない。ナイジェルは何度か瞬きをし、目を細めてみたが、結果は同じだった。

「いた?」

ジェフリーに聞くと、彼も首を振る。

「見つからない。波の下に隠れちまってるのかな」

「あるいは見間違いだったとか」

「ウォーリーの奴に限って、それはないだろ」

ジェフリーの言うとおりだ。ナイジェルも認めた。仲良し二人組の片割れは、大地を睥睨《へいげい》する鷹《たか》のごとき視力の持ち主だった。

そのとき、再び頭上でウォーリーが叫んだ。

「再度確認!　位置はそのまま!」

ナイジェル達は素早く海上に視線を戻す。そして、遠くにぽつんと浮かぶ船影を捉えた。

「カウンター・ブレースだ。フォアとミズンの帆を目一杯反対に開け」

ワッツ船長の命令が下った。追跡の始まりだ。

(風は船首のほぼ正面から吹いている。そして、敵船は右手にいる)

ナイジェルはわくわくしながら、自分なりに帆の展開を考えた。

(フォアのヤードを思いっきり回して、メインとミズンのヤードを正位置にする。そうすれば、じりじり船が後退するはずだ。で、船首が自然に右方向に旋回するのを待って、左舷から吹く

ようになった風を受けられるように全ての帆を調整する……って感じかな)

嬉しいことに、船長の指示はナイジェルの考えをなぞったように同じだった。

「ヤードにつけぇ！　ぐずぐずしやがったら、尻《しり》の皮をひっぺがすぞ！」

ザック水夫長がはっぱをかけると、水夫達は顔を真っ赤にして、転桁索《てんこうさく》を引く。

やがて、ぐらっと足元が揺れたかと思うと、『キャサリン号』は後ずさりを始めた。萎《しお》れていた帆が風を捉えてふわっと膨《ふく》らみ、その帆に当たる索具がバタバタと音を立てる。

「よし、フォアのヤードを戻せ！　他はポートタックだ！」

ワッツ船長はそう言ってから、ミニアを見た。

「どうだ？」

「神よ……」

ミニアは小さく呟《つぶや》いてから、淡いブルーの眼を船長に向けた。その眼が鋭く煌《きら》めく。

「デ・ギーストです」

彼の言葉を聞きつけた水夫達が歓声を上げた。ナイジェル達も例外ではない。ただ獲物を待ち続ける退屈な漂泊のときは終わったのだ。

(そして、獲物の喉笛《のどぶえ》に食らいつくときが始まる……！)

ナイジェルは思わず武者震いをした。

ジェフリーがそれに気づいて、ナイジェルの肩を抱く。

「怖いのか？」

「うん……あ、いや……判らない」

戸惑い顔のナイジェルに、ジェフリーは微笑みかけた。

「怖くて当然さ。俺も初めてのときはそうだった」

臆病者と思われるのではないかと密《ひそ》かに心配していたナイジェルは、その言葉を聞いてホッとした。

「ちょっと怖いし、胸がどきどきするけど……怯《ひる》んでいるわけじゃない」

「判るよ」

「俺もあっちに乗り込むのかな？　お頭は連れていってくれると思う？」

ジェフリーが真剣な目でナイジェルを見つめた。

「おまえはどうしたいんだ？」

「そりゃ、行きたいよ。ここで指を銜《くわ》えて、皆が戦っているのを見守っているだけなんて嫌だ。俺だってキャサリン号の一員なんだから」

しばらく考えてから、ジェフリーが言った。

「どのみち、いつかは戦うことになるんだもんな。だったら、一つでも多く経験を積んでいた方がいいか。ケンカと同じで、強くなるには場数を踏むしかないし」

「じゃあ？」

「爺さんに連れていってくれるよう、頼んでみるよ」

ナイジェルは飛び上がる。

「やった！」

「ただし、向こうの船に乗り込んだら、絶対に俺から離れるなよ」

「うん！」

ナイジェルの身体を興奮が駆け抜けた。戦い――本当の戦いだ。

（これでまたジェフリーに一歩近づける。スペイン人を震え上がらせる『海の犬達』になるんだ！）

奮い立ったナイジェルは海を振り向き、ぐんぐん大きくなってくるデ・ギースト号の船影を見つめた。まだ見たことのないスペイン人達に思いを馳《は》せて。彼らはどんな顔立ちをしているのだろう。そして、どんな戦い方をするのだろうか。

（勇敢だって話だけど……それなら、俺達だって負けないさ）

ナイジェルは長靴につけた鞘《さや》に差し込んでいる短剣のことを思った。ジェフリーがくれた大事な武器を。

「ナイフを振り上げたら、必ず仕留めろ。すぐに傷つけられないと判ると、相手は反撃の機会を狙ってくるからな」

今度こそ、その教えを忘れまい。ナイジェルは自分に強く言い聞かせた。そう、生半可な気持ちで武器を扱ってはならない。それは人の命を奪うものなのだから。

ぴったりと横に並んだデ・ギースト号に乗り移ろうとして、キャサリン号の面々は相手の舷側に鉤棒《かぎぼう》を引っかけ、引き寄せた。

「行くぞ！」

「××××！」

黒髪で山羊髭《やぎひげ》を生やしたスペイン人らしき男が、何事か喚《わめ》き散らしながら腰に差した長剣を抜く。金糸をふんだんに使った豪奢《ごうしゃ》な衣服からして貴族か、それに準ずる身分の者だ。

『サンティアゴ！』

それがスペイン人の鬨《とき》の声なのだろう。男が剣を頭上で振るうと、周りにいた水夫達も一斉に怒号を上げ、早くもデ・ギースト号に飛び移った第一陣に襲いかかっていった。

「俺達も行くぞ！」

第二陣を率いるミニアが叫ぶ。ジェフリーとナイジェルも借り物の長剣を宙に突き上げた。

そして、スペイン人に負けじとイングランドの鬨の声を上げる。

「セント・ジョージ！」

そして、敵船に渡された板を駆け抜けていった。

いや、ナイジェルは一番後ろからそろそろとついていったに過ぎない。まだ以前のような平衡感覚が戻っていないナイジェルにとって、揃《そろ》えた両足が乗るか乗らないかという細さの板を渡るのは困難なことだった。途中、海に落下しそうになりながらも何とか渡りきったときには、思わず安堵《あんど》の溜《た》め息《いき》が出たほどだ。

しかし、安心するのはまだ早かった。

降り立ったばかりの甲板を眺め回したナイジェルは、そこで繰り広げられている地獄のような光景に愕然《がくぜん》とする。眉間《みけん》を割られ、白目を剝《む》いた死人。まだひくひくと痙攣《けいれん》している怪我《けが》人。甲板、舷側、マスト、あらゆる場所に血が飛び散り、あるいはゾッとするような血溜まりを作っていた。

（戦い……これが本当の……戦い）

死の恐怖が高揚感に冷たい水を浴びせかける。ナイジェルは戦場というものの真の姿を見た。そこに心を躍らせるようなものは何もない。存在するのは陰鬱《いんうつ》さ、そして醜悪さだけだった。

ナイジェルは腹から腸がはみ出した死体を見て、ぐうっと喉を鳴らす。

（俺はこんな所に来たがっていたなんて……！）

そう、これが現実というものだった。戦うということに対し、ナイジェルが抱いていた幻想は粉々に打ち砕かれる。今はただ嫌悪感がこみ上げるだけだ。

「吐くなよ」

隣にいたジェフリーが厳しい声で言った。

「おまえを介抱している暇はない」

ナイジェルはぎこちなく頷き、必死に深呼吸をする。経験でそうすれば段々と吐き気が治まることを知っていた。

（落ち着け……落ち着くんだ）

ナイジェルが口元を押さえていた手を下ろすのを見て、ジェフリーが再び口を開く。

「この稼業が嫌になったか？　今なら、まだ引き返せるぞ。その手を血で汚さないうちに」

ナイジェルはジェフリーを見つめた。人を殺したり、殺されたりするのは嫌だ。しかし、ジェフリーとは離れたくない。そして、ジェフリーはすでに私掠《しりやく》船乗りになるということを心に決めた男だった。どこまでも彼と一緒に行こうと思えば、またこのようなおぞましい光景を見ることになる。

（それでも？　それでも、俺は一緒にいたいのか？）

迷いは一瞬だった。ナイジェルはジェフリーの腕を掴《つか》む。

「俺達は一生離れないんだろう？　この戦いに限らずさ」

ジェフリーはナイジェルの手に、剣を持っていない方の手を重ね、ぎゅっと握り締めた。

「そうだ」

温かい手――――ナイジェルは思う。この手を冷たく強ばらせないために、自分は戦おうと。

（そう、ジェフリーを守るためなら、俺はいくらでも戦える）

動揺が鎮まっていく。ナイジェルはもう一度深く息を吸うと、剣を握り直した。

ジェフリーも正面を向き、襲撃に備える。

「船尾だ！　船尾へ向かえ！」

そんな二人に、すでに敵と切り結んでいるミニアが叫んだ。

「舵を奪え！　奴らの足を奪うんだ。キャサリン号を突き放すことができないように！」

ジェフリーは頷き、走り出す。

ナイジェルも負けじと後を追った。

「殺れ！　殺っちまえ！」

「この野郎……っ！」

甲板は怒声と剣の触れ合う音で、耳を覆いたくなるような喧《かまびす》しさだ。

「×××！」

その騒がしさをぬって、ふいにスペイン語の叫びが上がると、敵側が嬉しそうに飛び上がり、歓声を上げた。

（な……なに？　何が起こったんだ？）

ナイジェルは足を止めると、その喜びの源を探して辺りを見回した。そして、右舷後方に『理由』を発見する。

「ジェフリー、船だ！　たぶん、敵の応援だ！」

「何だって？」

ジェフリーが慌てて、海を振り返る。見る見るうちに表情が強ばったところを見ると、間違いなく敵の船らしい。

「くそっ、スペイン軍だ。もともと護衛についてたのが、何らかの理由で遅れていたんだろう。まあ、お宝がお宝だからな。スペイン野郎も略奪されたらたまらないって思ったんだ。ミニアの友達もコブつきだって情報は摑んでなかったらしいな」

「そうか……」

二対一では分が悪い。しかも、応援に来たのはまぎれもなく軍用船だ。装備している武器の多さも性能も、単なる私掠船とは比べものにならない。ナイジェルは聞いた。

「どうするんだ？」

ジェフリーはナイジェルの肩を摑むと、回れ右をした。

「撤退だ。どっかにいる爺さんもあの船を見て、そう思ってるに違いない。奴らに追いつかれる前にキャサリン号に戻って、さっさと逃げ出さないと、海の藻屑《もくず》になるか異端審判の末に火炙《あぶ》りになるかのどっちかだ」

「どっちもごめんだな」

「ああ。お宝は惜しいが、命はもっと惜しい。生きてさえいれば、いくらでも稼ぐ機会があるからな」

二人は駆け出した。仲間達もそれに続く。

だが、味方を得て勢いづいたスペイン人達は、やすやすと見逃してはくれなかった。

「×××××！」

勝ち誇ったような声と共に突き出された剣が、ナイジェルの首筋を掠《かす》める。

「あっ……！」

右側から襲われたせいで何も見えなかったナイジェルは、焦って飛び退いた拍子に血溜まりに足を取られ、勢い良く転倒してしまった。

（しまった……！）

必死に起きあがろうとするナイジェルのうなじに、殺気のこもった風圧がかかる。先程、剣を繰り出したスペイン人がとどめを刺そうとしているのだろう。ナイジェルは手にした長剣を見た。

（だめだ。振り上げる暇はない）

これで終わりかと諦めかけたそのとき、ジェフリーの声が耳に飛び込んできた。

「くそ野郎、俺が相手だ」

ドカッと鈍い音がしたかと思うと、ふっとナイジェルの背後から殺気が消える。慌てて振り返ると、スペイン人が甲板に転がって、のたうち回っていた。どうやら、ジェフリーに蹴《け》り飛ばされたらしい。

「起きろ！」

ジェフリーの声にハッとしたナイジェルは、差し出された手を取って立ち上がろうとする。だが、次の瞬間、ジェフリーに駆け寄ってくる別のスペイン人に気づいて、その手を払いのけた。

「後ろに……っ！」

ジェフリーが振り返るのと同時に、スペイン人は右足を大きく踏み込んで、剣を思い切り突き出した。鋭い剣の煌めきを目に留めたジェフリーは、必死に身体を捩《ねじ》ったが、一瞬遅く、左の脇腹を切り裂かれてしまう。

「ジェフリーッ！」

ナイジェルは絶叫し、親友に向かって突進した。

ジェフリーは血の噴き出した脇腹を押さえて、二、三歩後ずさると、その場に頽《くずお》れる。そして、駆けつけてきたナイジェルにしか聞こえない小さな声で呻《うめ》いた。

「い……痛え……っ」

ナイジェルはジェフリーの傍《かたわ》らに膝《ひざ》を突き、必死に彼を抱き起こそうとした。

（どうしよう！　このままでは死んでしまう。早くキャサリン号に戻って、傷の手当てをしないと……ああ、ジェフリー、俺を庇《かば》ったばかりにこんな目に遭わされて……！）

指先がガクガク震えて、腕に力が入らない。自責の念とジェフリーを失ってしまうかもしれないという恐怖で、ナイジェルは度を失っていた。早く逃げなければと思うのだが、そのための手段を何も思いつくことができないのだ。

そんな二人にスペイン人が迫ってくる。目を血走らせ、歯をむき出しながら。

ナイジェルは長靴に手を伸ばし、ナイフを抜いた。かなわないまでも、無抵抗のまま、死にたくない。

「ハ……！」

スペイン人はそんなナイジェルを見て、嘲笑《あざわら》った。無駄なことをする、と思ったのかもしれない。

ナイジェルは青ざめたジェフリーの頬を撫でると、彼に覆い被《かぶ》さるようにしてナイフを構えた。二人の上に暗い影が落ちる。ナイジェルは心の中で最後の祈りを捧げた。

「俺はここにいるよ、ジェフリー。ずっと一緒だ」

（神様、あなたの御手に私達の魂を委ね……）

だが、言い終わらぬうちに、別の手が差し伸べられた。血の滴る剣を振り上げたミニアが飛び込んできたのだ。

一瞬、驚愕の表情を浮かべたスペイン人は、すぐに頬を引き締めた。怯《おび》えている少年達と違って、油断ならない敵が現れたことが判ったのだろう。彼は自分に必要な間合いを取ると、再び剣を構え直した。それ以上、一歩も下がるつもりはない。真っ向から勝負するつもりでいるのは明らかだった。

「ジェフリーは？　死んだのか？」

スペイン人を睨《にら》みつけながら、ミニアが聞く。

ナイジェルは首を振り、それが相手に見えないことに気づいて、慌てて言った。

「し、死んでない。怪我をしているだけ」

「だったら、そいつを担いで、さっさと逃げろ」

「で、でも……っ」

ナイジェルは狼狽《ろうばい》した。ミニアに後始末を押しつけ、自分達だけ逃げるというのは卑怯《ひきょう》な行為ではないのだろうか。

「早く行け」

ミニアは僅かに首を巡らせて、ナイジェルをちらっと見た。

「一人の方が楽に戦える。心配してくれるのはありがたいが、はっきり言って、おまえらは足手まといだ。俺のことはいいから、船に戻って、ジェフリーの面倒を見てやれ。俺もこのスペイン野郎を片づけたら、すぐに行く」

「わ、判った」

確かに自分がここにいても、ミニアの助けにはならない。ナイジェルは心を決めると、意識を失ったジェフリーの両腕を引き、上半身を起きあがらせた。そうしてから、ジェフリーの前にしゃがみ込み、ぐったりした両手を自分の胸の前で摑むと、勢いをつけて立ち上がる。

「く……」

なにしろ、自分よりも体格のいい相手である。こめかみの血管が切れるのではないかと思うほど重かったが、ナイジェルは必死に耐えた。腰を折って前屈《かが》みになり、一旦ジェフリーを背中に乗せてから、尻を支えるようにすると幾分楽になる。

（よし、これなら歩けそうだ）

ナイジェルは足を踏み出そうとして、ふと思い止まると、まだスペイン人と睨み合っているミニアを振り返った。

「助けてくれて、ありがとう。向こうでジェフリーと待ってるよ」

ミニアはまた短い一瞥《いちべつ》をナイジェルに与えた。

「言葉だけじゃなく、ちゃんと礼はしてもらうぜ、可愛《かわい》子ちゃん。ジェフリーも悪くないが、おまえさんともぜひ一戦交えてみたかったんだ」

ミニアが匂《にお》わせていることを悟って、ナイジェルは憤然とする。

「冗談じゃない！　絶対にそんなことさせないからな！」

「そうだ。その意気でキャサリン号まで辿《たど》りつけよ」

ミニアはそう言って、明るい笑い声を立てると、スペイン人に斬りかかっていく。

そして、それがナイジェルが最後に彼を見たときになった。

どのようにしてキャサリン号に戻ってきたのか、ナイジェルの記憶は曖昧《あいまい》だ。人を担いだままでは到底渡れないということで、先に来ていたクリスがジェフリーを引き受けてくれたのは覚えている。

「よくやった！　おまえも根性を見せたな。見直したぜ」

そんな風に褒めてくれたことも。

だが、板の上に足を踏み出した後のことは、靄《もや》がかかったようにボンヤリしていた。

「早く！　早く渡れ！　後ろがつかえてるんだ！」

「スペイン人が来ちまうよ！」

悲鳴のような声を聞きながら一歩、また一歩と進んでいくうちに、ナイジェルの頭の中は真っ白になっていった。そして、次に気がついたときには、すでにキャサリン号の船室に戻り、青ざめたジェフリーの傍らに座っていたという次第である。

(海に落ちないように必死だったから、周りのものが目に入らないし、他のことを考える余裕もなかったんだろうな)

とにかく、無事に戻れたことは嬉しかった。たとえ、敗北感に包まれ、暗く沈んだ船であっても。

「ナイジェル、傷を洗ってくれ」

ロビンの声に、ナイジェルは顔を上げた。

「う、うん」

そう、呆然《ぼうぜん》としてはいられない。これからジェフリーの手当てが始まるのだ。ナイジェルは桶に柄杓《ひしゃく》を突っ込み、汲《く》み上げた水をジェフリーの腹部にかけた。

「うっ」

ジェフリーは呻いて、目を開ける。あまりの苦痛に日覚めてしまったらしい。彼にとっては不運なことだ。

「ナイジェル……」

ジェフリーは自分を見下ろしているナイジェルに震える手を伸ばした。ナイジェルはその手を握り締めて、優しく声をかける。

「傷は浅いけど、化膿《かのう》しないうちに焼いておく必要があるんだって」

ナイジェルはロープの切れ端に布を巻いたものを、ジェフリーの口元に差し出した。

「舌を傷つけないように、これを噛《か》んでいて」

ジェフリーはうっすら唇を開いた。ナイジェルは布を歯の間に挟《はさ》むと、頭と顎を押さえ、しっかり噛ませる。そして、ジェフリーの頭を自分の膝に乗せた。

「じゃ、始めるよ」

ナイジェルはロビンに合図をした。ロビンは頷き、炉の中で真っ赤になるまで熱したナイフを取り上げた。ウォーリーとクリスが、それぞれジェフリーの両腕と両足を押さえる。そうして、全ての準備が整ったのを見計らって、ロビンは新たな血を溢《あふ》れさせている傷にナイフを押し当てた。

「ぐうーっ！」

ジェフリーが四肢を突っ張らせ、弓のように仰《の》け反《ぞ》る。ナイジェルはどっと流れた汗に濡《ぬ》れた金髪を撫でて、ジェフリーを励ました。

「もう少しだ……頑張って」

ナイフが離れた途端、ジェフリーは全身の力を抜くと、そのまま再び気を失った。

ナイジェルはジェフリーの頭を抱えたまま、ロビンを見る。

ロビンは疲れた顔に笑みを浮かべた。

「大丈夫。ジェフリーは若いし、誰より元気だから、すぐに回復するさ」

ナイジェルはホッとした。そして、身を屈めると、ジェフリーの額にキスをする。彼の一刻も早い回復を祈りながら。

「くそ……痛ぇ……」

　夜中に何度か目覚めたものの、ジェフリーがはっきりと覚醒したのは翌朝のことだった。彼は自分を覗《のぞ》き込むナイジェルに気づくと、弱々しく微笑んでみせる。

「痛いってことは生きてるってことだよな」

「うん」

「そういえば、おまえは？　怪我してないか？」

「してない。おまえとミニアが助けてくれたから」

「そうか……」

　ジェフリーはホッとしたような表情を浮かべると、首を巡らせた。

「ミニアは？」

　一瞬迷った後、ナイジェルは言った。隠したところで、どうせすぐにばれてしまうことだからだ。

「戻ってこなかった」

　ジェフリーは目を見開く。

「戻って……ない？」

「マーティンが見たときは、まだ俺達を襲ってきたスペイン人と戦ってたって。でも……」

　ナイジェルは言葉を途切れさせた。判っている。あのスペイン人を倒したとしても、ミニアが助かる術《すべ》はない。おそらく、他のスペイン人に捕まり、監獄に送られてしまうはずだ。そして、海賊として首吊《つ》り刑に処せられるか、異端の新教徒として火刑を受けることになるだろう。

「ごめん……俺が転ばなければ、ジェフリーも怪我をしなかったし、ミニアも死ぬことはなかったのに」

ナイジェルはそう呟いて、うなだれた。

「おまえのせいじゃない」

ジェフリーは手を伸ばし、ナイジェルの前髪を引く。

「おまえは自分にできる精一杯のことをした。俺をここまで連れ帰ってくれたのは誰だよ？　おまえだろ？」

「クリスの手も借りたよ」

「でも、概《おおむ》ねおまえだ。大したもんじゃないか」

それでも顔を上げようとしないナイジェルに、ジェフリーはわざとらしく溜め息をついた。

「判ったよ。認める。昨日の俺達は確かに冴《さ》えなかった。スペイン人にまんまとやられちまったしな。でも、俺達には明日がある。生きている限り、スペイン野郎に借りを返す機会は絶対に訪れるはずだ」

その力強い言葉に、ナイジェルは思わずジェフリーを見た。明るいブルーの瞳が灰青色のそれを捉え、輝く。

（ああ……もう大丈夫だ）

ナイジェルはその生気に溢れた目を見つめて、安堵した。ジェフリーは生きている。そして、生きている限りは明日がある。明日。その言葉は暗く翳《かげ》ったナイジェルの胸に希望をもたらした。

「生きていれば、ミニアの仇《かたき》も討てるな」

ナイジェルの言葉に、ジェフリーは微笑んだ。

「そうだ。おまえも俺もそのときまでにもっと、もっと強くなっていればいい。それが俺達を助けてくれたミニアへの恩返しだと思う」

「ああ……そうだな」

ナイジェルは頷いた。

（好きになってきた途端、いなくなってしまったミニア。彼には教えてもらいたいことが一杯あったのに……）

喪失の痛みはまだ消えない。だが、ナイジェルの胸には新たな意欲が湧《わ》いてきていた。

「強くなりたい。もう二度と俺の仲間をスペイン野郎の手にかけさせないためなら、俺は何でもする」

ナイジェルはそう言って、ジェフリーを見た。

「早くその傷を治せ。治ったら、剣の稽古《けいこ》だ」

ジェフリーはナイジェルの髪をもう一度引いて、悪戯《いたずら》っぽく笑った。

「判ったよ。やれやれ、人使いの荒い奴だぜ」


デ・ギースト号襲撃から八年後、ジェフリーの指揮の下、新造船『グローリア号』の甲板に立ったナイジェルは、捕獲したばかりのスペイン船『サンタ・ルチア号』を眺めて、唇の端を上げた。

(今日も死亡者はなし。大変、結構だ)

口にしたことは、必ず実行する。

そう、ナイジェルはその誓いを守り続けていた。ジェフリーの航海長になるという夢をかなえた今も。そして、これからも。

(あんたには感謝しているよ)

ナイジェルは胸に浮かぶ面影に語りかけた。彼に出会わなければ、ナイジェルはここまで強くなれなかったかもしれない。ジェフリーの師匠は、いつしかナイジェルにとっても得難い教師となっていた。

「ミニア……あんたがここにいてくれればいいのに」

応える声はない。ナイジェルはそのことを心から残念に思った。

「メイト！　お頭が手招きしてますぜ」

　操舵手のウィルが言った。

「判った。今、行く」

　生きている限り、明日はある。そして、生きていくための仕事も――ナイジェルは一つ溜め息をつくと、足を踏み出す。そして、ジェフリーが乗り込んでいるサンタ・ルチア号に渡された細い板の上を平然と渡っていった。

女王陛下の海賊たち

1

暴君に顕著な性質――それは短気と冷酷だ。

雇い主からの手紙を読みながら、クリストファー・マーロウは思った。

ヘンリー八世は王子を産まなかったという理由で貞節なるキャサリン王妃を離婚し、それをもって破門を申し渡そうとしたヴァチカンに自ら背を向けると、勝手に己れを首長とするイングランド国教会を立ち上げた。

病に伏せっていた哀れな元王妃の死亡が伝えられると、新王妃アン・ブーリンと共に狂喜し、一晩中黄色い衣装を着て踊りまくった。

だが、その二番目の王妃も女しか産まないことに苛立《いらだ》ったヘンリー王は、あっさり浮気の冤《えん》罪《ざい》をかけて、その細い首をちょんぎった。すでに目をつけておいた女を新しい妻にするために。

これぞまさに暴君――実に人もなげな振る舞いだ。こんな男に仕えなければならないとしたら、毎日が地獄だろう。

しかし、自分が彼の立場に立てるとしたらどうか。

「悪くない……」

呪《のろ》われてあれ、と女達は口を揃《そろ》えて言うに違いない。だが、お気の毒さま。それが男という生き物だ。マーロウは鼻を鳴らして、暖炉《だんろ》の炎に手紙を食べさせた。

そう、男と生まれたからには誰かに使役されるよりも、使役する側になりたい。

亡きヘンリー八世と同じぐらい短気で冷酷な雇い主、秘書長官のサー・フランシス・ウォルシンガムの命令を受けた後は、いつもそう思う。彼の連絡はいつも突然で、しかも言いつけられる仕事はどれも困難なものばかりだった。自分がこれほど優秀でなければ、到底完遂することはできなかったに違いない。

「ええ、今度も見事、成し遂げてみせますとも、ウォルシンガムの旦那」

愛する学舎、ケンブリッジ大はコーパス・クリスティ学寮の慎ましやかな教授達は顔を顰《しか》めるだろうが、己れの優秀性に関する限り、マーロウは謙遜《けんそん》の心を一切持たなかった。

確かに好きな研究に没頭して一生を終えるだけなら、いちいち人前で自己主張をする必要はないのかもしれない。

だが、すでにマーロウは象牙《ぞうげ》の塔を飛び出していた。穏やかだが、変わり映えのしない毎日に飽き飽きしていたからだ。宗教学者になったところで、先は知れている。期待の新星として学界で注目されたところで、世間の評価は得られない。それでは満足できないのだ。

世界に我が名を轟《とどろ》かせたい——その願望を、マーロウは隠したことがなかった。

ロンドンにやってきたのもそのためだ。

イングランド中から立身出世を夢見る人が集まる街。この小さな世界では、毎日生き馬の目を抜くような競争が行われている。いつだって買手市場だから、上手に自分を売り込めない者は街角で腐るに任せられた。

謙譲の心を持つことは美徳かもしれないが、ここロンドンでは自信のなさと受け止められるのが普通だ。面の皮が厚いのはおおいに結構。嫉妬《しっと》と羨望《せんぼう》の渦巻く世の中を渡っていくには、心身共に強靭《きょうじん》さが必要だった。

臆面もなく己れの優秀さを誇示し、平然と他人を蹴落《けお》として、成果を上げた人間だけが成功の階《きざはし》を昇っていく。実に殺伐《さつばつ》としているが、それだけに刺激も多い首都での生活は、マーロウの性分に合っていた。

「よお、キット！　洒落《しゃれ》のめして、どこに行くつもりだ？」

衣服を改めているところに、友人兼同居人のトマス・ワトスンが戻ってきた。

「ウォルシンガムのところ」

軽薄に聞こえるから止めろと言い続けているのに、『キット』という愛称を使い続けているのは、やはり嫌がらせなのだろうか。そんなことを考えながら、マーロウはお堅い雇い主の顔を顰めさせるためだけに派手な金細工の耳飾りをつけた。

「サー・フランシス？　それとも俺と同じ名前の息子？」

「親父の方だよ。急な任務なんだとさ」

「そりゃ、残念」

同じ仕事についているワトスンは、いちいちどんな任務か、などということは聞いてこない。問うたところで返事がないことは判っているからだ。

「最近、俺にはとんと声がかからない。なぜだと思う？」

愚痴《ぐち》めいたワトスンの言葉に、マーロウは微笑《ほほえ》んだ。

「下らない劇なんぞを書いて、ご機嫌を損ねたからだろ。ちゃらちゃらした息子と違って、サー・フランシスは娯楽と名の付くものをおしなべて憎んでいる。たぶん、自分には遊ぶ暇がないからだろうな」

「心の狭い御仁《ごじん》だ」

「おまえがそう言っていたと、伝えてやろうか？」

「止してくれ。そんなことが耳に入ったら、今度こそ失業だ」

「したところで、別に困りもしないくせに」

「まあな」

ケンブリッジの好敵手オックスフォード大で学び、『グランド・ツアー』すなわち金持ちのお坊ちゃんの卒業旅行中にサー・フランシスの息子トマスと出逢い、誘われるままに間諜《かんちょう》になったワトスンは、新進気鋭の劇作家としても知られている。

「またバーベッジに脚本を頼まれていると聞いたぞ。もしかしたら、そのまま『薔薇座《ザ・ローズ》』の座付きになるかもしれない、ってな。本当か？」

マーロウの言葉に、ワトスンは微笑んだ。少し誇らしげに。

「話があったのは事実さ。まあ、今度の作品の出来次第だが」

「だったら、死ぬ気で頑張れ。溜まりに溜《た》まった家賃を払うためにも」

「溜めているのはおまえだ」

「俺のものはおまえのもの。おまえのものは俺のもの、だろう？　楽しいことも、苦しいことも分かち合ってこその友達だ」

「ふん、ただの友人なら、とっくに追い出しているよ」

ワトスンはそう言って、マーロウの肩に手を置いた。

「まあ、ただの友人ならこんなことはしないよな」

自分と良く似た鳶《とび》色の髪に飾られた頭を引き寄せたマーロウは、まだ笑みの気配を残した唇にキスをする。友人兼同居人――けれど、二人の関係はそれだけに留まらなかった。

「早く帰ってこいよ」

自分からもう一度唇を押しつけて、ワトスンが言う。

「今夜は俺と過ごそう。親父さんの用が終わった後で、息子に捕まるなよ」

マーロウは頷《うなず》いた。

「ああ。うるさい坊やのお守りはごめんだ」

するとワトスンが再び歯を見せた。

「おまえの方が年下のくせに」

「一歳違いだ。肉体的にはな」

マーロウは歩き出しながら、言い返す。そして、心の中で続けた。だが、心は遥《はる》かに老けている、と。まあ、それが育ちの違いというものだろう。

貧しい家に生まれた子供は、必然的に自立の時期も早くなる。食い扶持《ぶち》を自分で稼がなければならないからだ。カンタベリーの長靴職人の家に生まれたマーロウが、国政を担う重臣の息子として生を受けたトマス・ウォルシンガムより遥かに世間擦《ず》れしていたとしても、それは仕方のないことなのだ。

「やあ、キット。元気だったかい？」

玄関に足を踏み入れた途端、弾んだ声に迎えられる。マーロウは心の中で溜め息をついた。ついていない。父親の用を済ませる前に、息子の方に出会ってしまうとは。

「おかげさまで。あなたはいかがですか？」

「上々さ。特に今日は君の顔を見ることができたからね」

思わせぶりに片目を瞑《つむ》ったトマスは、秘書長官兼間諜組織の親玉である父親から新人採用の仕事を一任されている。そして、彼の雇う人々にはある共通点があった。

すなわち、同性と寝ることをよしとする類《たぐい》の男達だ。

やはり同性愛者のトマスは好みの男を見つけると、もっと親しくなれるように、あるいは一緒にいられる時間を少しでも長くしようとして、仕事の話を持ちかけるのが常だった。

だが、実際に彼の目論見《もくろみ》が成功することは少ない。厳格な父親の監視下で情事に勤《いそ》しむのは難しいし、相手が任務に就いてしまえば忙しくて会えなくなってしまうからだ。

もともとが同好の士だけに、仕事をしているうちに意気投合し、トマスを差し置いて間諜同士でくっつくということもままある。そう、マーロウとワトスンのように。

ちなみにデキてしまった場合、トマスに二人の関係を知られることだけは避けなければならなかった。顔を合わせるたびに暗くじめついた嫉妬の眼差しを浴びせかけられ、いつ果てるとも知れない恨み言を聞かせられても構わないというなら話は別だが。

当然のことながら、想像しただけでもその鬱陶《うっとう》しさに耐えられなくなったマーロウは、努めてトマスの前でワトスンの話はしないようにしている。もっとも、そのせいで顔を合わせるたびに言い寄られるという面倒は避けられなかった。

「本当に綺麗《きれい》な面立ちだ……」

差し伸べられたトマスの手が、マーロウの頬《ほお》を彷徨《さまよ》う。

「フランス王が持っているダ・ヴィンチの傑作、聖ヨハネ・バプティスマにそっくりだよ。ああ、この顔を二度と見られなくなったら、耐え難い思いがするんだろうな」

不吉な言葉に、マーロウは片方の眉《まゆ》を上げた。

「今度の任務について、何か聞き及んでいらっしゃるのですか？」

トマスは決まり悪げな表情を浮かべた。

「どうして、私の口は一時も閉じていられないんだ？」

「そこまで言ってしまったら、もう全てを告白したも同じことですよ」

マーロウは馴《な》れ馴れしげに相手の肩を抱いた。

「さあ、トマス、秘密を教えて」

「しかし……」

「あなたから聞いたというのは、お父上には秘密にしておきますから……ね？」

耳元で囁《ささや》くと、トマスの肩が震える。マーロウと親しくなりたくてたまらなかった彼は、その誘惑に抗《あらが》うことができなかった。

「本当に……秘密だぞ？」

「もちろん」

マーロウは微笑む。不肖の息子——父親が持つ意志の強さと用心深さを受け継ぐことができなかった跡継ぎに、ウォルシンガムが不平とそれを上回る不安を抱いていることは、この屋敷に出入りしている人間ならば知らぬ者とてない事実だ。

トマスが直属の上司だったなら、マーロウもうんざりさせられたに違いない。だが、幸いそうではないし、父親に口止めされているような情報も洩《も》らしてくれるのだから、今のところ毛嫌いする必要はなかった。

「君の行く先はランスだ」

マーロウは僅《わず》かに目を見開いた。

「ノルマンディーの？」

「ああ。そこにあるイエズス会付属の神学校に潜り込み、亡命したイングランド・カトリックの動向を調べてもらう」

「私自身もカトリックの振りをして？」

「その通り」

面白い。真っ先に脳裡《のうり》を過《よ》ぎったのは、そんな感慨だった。だが、すぐに危険だという声が続く。もっとも、その二つを秤《はかり》にかける必要はなかった。どちらもマーロウの大好物だからだ。

そう、簡単に成し遂げてしまえることなどつまらない。艱難辛苦《かんなんしんく》を経てきたからこそ、勝利の美酒は舌をとろけさせるのだ。マーロウはすでにそれを味わっているかのように、そっと唇を舐《な》めた。

「潜入工作には時間がかかる。いつものように外出届を出すだけでは、大学側は納得してくれないでしょう。修士号取得まであと少しという今になって、退学騒ぎなど御免です。お父上には申し訳ないが、この話を引き受けるわけにはいきませんね」

マーロウが本心を押し隠してそう言うと、トマスは慌てた顔になった。

「そんな！　考え直してくれ、キット！」

「嫌です」

「ああ、やっぱり話すんじゃなかった」

「誰から聞いても同じことですよ。答えは同じ。『お断り』です」

「それは困る！　困るよ！　この任務を遂行できるのは君だけだと、父上も言っていたのに」

すっかり青ざめ、不安げに手を揉《も》み絞っているトマスに、マーロウは聞いた。

「なぜ、私でなければならないんです？　カトリックの振りをするのが巧い間諜なら、他にもいるでしょう？」

「確かに。だが、彼らには君の頭がついていない。ラテン語とフランス語を流暢《りゅうちょう》に操り、神学の知識にも長《た》け、なおかつどのような場面に放り込まれても当意即妙の言葉を返すことができる機知の持ち主がいるとすれば、それは君だけだ」

「と、お父上がおっしゃった？」

「その通りだ。私も同感だよ」

トマスの考えなど、どうでも良かった。重要なのはウォルシンガム卿の評価だ。そして、それはマーロウを満足させるものだった。

「やれやれ、そうまで言われては仕方ありませんね」

「では？」

　トマスが期待に満ちた目でマーロウを見つめる。

「あなたの顔を立てますよ。サー・フランシスには学位を保証して頂けるならフランスに参ることも吝《やぶさ》かではございません、と申し上げましょう」

「本当に？　ああ、君の友情に感謝するよ、キット」

「その言葉を忘れないで下さいね」

「無論だとも！」

　恩着せがましい言葉に、トマスは感激したようだった。マーロウには断る気はなかったし、おそらく断ることもできなかっただろうに。

「では、お父上のところに参ります」

「うん。話が終わったら、私の部屋に寄らないか？　積もる話もあるし」

　生憎《あいにく》こちらにはないんだよ、と言い返したいのを我慢して、マーロウは残念そうな顔をする。

「お誘いはありがたいのですが、本日は先約がありまして」

「誰と会うんだ？」

「ハリオット殿です。新しい数学の問題集を頂ける、というお話でして」

ロンドンにその名を馳《は》せた偉大なる数学者は、文人そして学問の徒全ての保護者と言うべきサー・ウォルター・ローリーが主宰する私塾『夜の学校』のメンバーだ。先に会員になっていたトマスに誘われて、マーロウ自身もそこに名を連ねている。

様々な知識を得るのに最適な場所だが、単に会員の肩書きが欲しいだけだったトマスが、実際に勉強会に姿を見せることは稀《まれ》だった。というわけで、『数学の問題集』と言えば同行を申し出ることもあるまいというマーロウの予測は、まんまと的中する。

「だったら、お邪魔はできないな。残念だが、君とゆっくり話すのは、次の機会に譲ろう」

「ええ。楽しみにしています」

マーロウはにっこりする。実に自然な笑みで。ウォルシンガムは失念していたようだが、巧みな演技力というのもマーロウに備わった才能の一つだった。ワトスンなどは自分の真似事《まね》をして劇作家などになるよりも、役者になったらどうだと勧めてくるほどだ。

まあ、それも悪くない。ただし、退屈で陳腐な台詞《せりふ》を口にせずに済むならば、という前提の下でだが。マーロウはよくある水車小屋の小娘に愛を囁くなどという芝居には興が湧《わ》かないばかりか、虫酸《むしず》が走る質《たち》なのだ。

舞台で演じられるのは一時の幻――――現実を忘れさせてくれる夢だった。

そこでは劇作家は神にも等しき存在で、登場人物の運命を好き勝手に定めることができる。

だからこそ、思い通りにならない人生に不満を託《かこ》っているマーロウは、その世界に耽溺《たんでき》した。

そして既存の脚本に物足りなさを感じるようになり、自ら劇作家になることを志すようになったのだ。もう少しウォルシンガムの仕事を続け、当面の生活費に困らなくなったら、すぐにも筆を執るだろう。

そう、伝説の美女、それこそヘレネーだって登場させることができるのに、よりにもよって水車小屋の小麦粉にまみれた田舎娘なんかを女主人公に選ぶ奴らの気が知れないと、マーロウは常々思っていた。素朴さや純真さは決して悪いものではない。だが、自分の趣味ではなかった。マーロウが心惹《ひ》かれるのは、いつだって洗練されたもの、群を抜いているもの、滅多にお目にかかれないものなのだ。ありふれていたり、退屈さを感じさせるものには我慢がならない。

だが、同時にそんな性分が不幸の元凶だということも自覚していた。マーロウは多くを求めすぎ、高くを望みすぎる。足るということを知る者は幸いだ。知ることができないマーロウの心は、いつだって渇望に軋《きし》んでいた。

2

エリザベス女王は側近の男達に愛称を与えることを好む。

自分の心に匹敵する大事な存在という意味を込めた『ハート』の二つ名を賜《たまわ》ったのは国務卿のセシル。

デヴォン訛《なま》りの抜けないお気に入りの伊達《だて》男サー・ウォルター・ローリーは、その名前の響きから『ウォーター』と名づけられた。

そして今、マーロウの前に座り、いつものように苦々しげな表情を浮かべているサー・フランシス・ウォルシンガムに与えられた渾名《あだな》は『ムーア人』——イスラム教徒のような黒い髪と暗い瞳、そして浅黒い肌をしているからだそうだ。

しかし、マーロウは信じていた。心優しい女王は口に出すことを躊躇《ためら》っているのかもしれないが、その愛称をつけた理由は他にもあるということを。普通のキリスト教徒が、ムーア人という言葉を耳にしたときに感じるのは何かと考えれば、答えは自ずと明らかになる。すなわち、恐怖と嫌悪、あるいは忌々《いまいま》しさだ。

「学位を保証しろ、だと？」

マーロウを睨《にら》みつけたまま、ウォルシンガムは唸《うな》った。

「それに特別手当を出せ、とな？　ずいぶんと偉くなったものだな、マーロウ。この私に要求を突きつけるとは」

「とんでもない」

マーロウは相手の意を迎えるように微笑んだ。

「要求ではなく、切なる願いでございます、閣下。修士号が取れなければ、長年学資を負担してくれた親に面目が立ちません」

「おまえは教区教会の推薦を受けた奨学生だったはずだ。学費も寮費も免除されているのだから、親の懐もさして痛みはしなかっただろうよ」

「仰《おっしゃ》る通りですが、人はパンのみで生きるにあらず、と申すではございませんか。衣服も必要ですし、友人と街に出れば酒代もかかります。さすがにこうした金子を、教会の浄財に頼るのは気が引けるというもの」

「ならばボロを着て、酒を飲まねばいい」

頭の天辺《てっぺん》から足のつま先まで見下ろして、ウォルシンガムは苛立たしげに溜め息をつく。

「おまえといい、愚息といい、昨今の若者の身なりは見るに耐えん。何だ、その下品な色目の服は？」

マーロウは我が身を振り返った。淡い紅。言われるほど下品な色だろうか。

「見慣れていらっしゃらないから、そう思われるのかもしれません。これは今年の新色だと、生地屋が申しておりました。何でもアーモンドの花の色だとか」

ウォルシンガムは鼻を鳴らした。

「奢侈《しゃし》禁止令に基づく服飾規定を忘れるな。平民は赤い服を着てはならん。定めを破れば、罰金刑が科せられる。それを払ってでも着続けるような甲斐性《かいしょう》が、靴屋の小倅《こせがれ》にあるとは思えん」

「仰るとおりです、サー」

こみ上げる怒りを飲み込んで、マーロウは静かに言った。

「着たい服を着たいときに着る自由……私があなたの下で働いているのは、ひとえにその権利を手に入れるためでございます。有り体に申せば金目当て。それ以外の理由などありません。満足できる報酬を頂けないのなら、よそに行くまでのこと」

蛇のように冷えて、動かない眼差しがマーロウの目を捉《とら》える。

「判っておる。神すら信じることのできぬ男に、忠誠心などを求めても無駄だということはな。貴様をケンブリッジに送ることを決めた教区教会の司祭は、いずれ奨学金を溝に捨てたことを後悔するに違いない。神学を修めるための学舎で、貴様が学んだことといえば、下らない詩の書き方と、おぞましい男色行為だけだったのだから」

「よく、ご存じで」

見る者を凍りつかせるような微笑が、マーロウの唇を彩る。息子と違って用心深いウォルシンガムは、部下の思想的な背景および個人的事情にも通じているようだった。油断のならない間諜を意のままに動かそうと思えば、そうするのが当然なのだろうが、勝手に調査をされた方としては面白くない。知り合って大分経つが、好きになれない男だ。たぶん、いや、間違いなく向こうもそう思っているに違いない。情が絡むと何かとやりにくい仕事だから、お互いそれで一向に問題はなかったが。

「とはいえ、そのような下賤《げせん》な男だからこそ、あなたも心おきなく汚い任務に就かせられるのではありませんか？　運ったなく仕事の最中に死んだ場合も、良心の痛みとは無縁でいられる。あなたに諜報活動の全てを任せ、御自らの手は少しも汚さない処女王のようにね。無礼を承知で言わせて頂くならば、我らは良く似た主従と申せましょう」

ウォルシンガムは唇の端を僅かに震わせただけで、何も言い返してこなかった。図星だったからだろう。そして、無駄を嫌う彼は本題を持ち出してきた。

「またぞろ、メアリー・スチュアート様の悪いお遊びが始まったらしい」

「ほう」

マーロウは興味を惹かれた風に身を乗り出してみせた。話の展開は読めているが、トマスとの約束は守ってやらねばならないからだ。

「異端者のイングランド女王を亡き者にしたところで罪にはならぬ、というヴァチカンの見解を生真面目に受け取ったイエズス会の修道士どもが、フランスに亡命しているイングランドの旧教徒を扇動し、我らが陛下を暗殺した後、同じカトリックのメアリー様を王座につけようと企んでおるのは、おまえも知っていよう」

「懲《こ》りない奴らですね。何度失敗しても、諦《あきら》めないんだから」

「ふん、私が奴らでも、諦めたりはせぬさ。女王陛下が先に死にさえすれば、誰も正統な王位継承者であるメアリー様の王位登極を阻止することはできなくなるのだからな」

「では、こちらが先にメアリー様を亡き者になさってしまえばいいではありませんか。幾度となく目論まれた女王陛下暗殺を理由にして」

「私がそれを進言しなかったと思うか?」

マーロウが肩を竦《すく》めるのを見て、ウォルシンガムは溜め息をついた。

「メアリー様がご存命でいらっしゃる限り、陛下のご安泰、ひいては我が国の政情が安定することはありえない。しかし、神聖なる王家の血を引く者を殺すことを、陛下は怖れておいでだ。軽々しく先例を作ってしまえば、いつかご自分もそのような目に遭わないとも限らぬ、と思っておいでなのだろう」

「先例?」

マーロウは皮肉っぽい笑みを浮かべた。

「王殺しの先例ならば、すでにエドワード二世という方がいらっしゃるではありませんか。何でも、愛人と共謀した王妃に、焼けた鉄棒を尻《しり》の穴に突っ込まれるという残酷この上ない方法で消されたとか」

「かの王は暗愚だった上、男の愛人を作り、妻を侮辱《ぶじょく》するような真似をしたからだ」

「聡明《そうめい》なことで知られた女王陛下には、そのような愚行はありえないと？　だが、どんな名君とて、恋が絡んだ途端、変貌《へんぼう》を遂げるものですよ。やはり英明さで有名だった先代のヘンリー八世陛下を思い出してごらんなさい。新しい妻を求めたいという理由だけで、我が国は新たな宗教を信奉する羽目に陥ったではありませんか」

「だが、女王陛下はレスター伯と結婚なさらなかった。どんなに愛していても、女王としての立場をお守りになったのだ」

　あくまで女王は別だと言い張るウォルシンガムに、マーロウは憐《あわ》れみの眼差しを向けた。

「レスター伯の前妻エイミーが不審な事故死を遂げていなければ、結婚していたかもしれないと、大方の国民は思っていましたよ。女王陛下も思い当たる節があるから、先例を作ることに及び腰なんでしょう。あなた達の意見を入れてメアリー様を殺すことはすなわち、重臣の一存で王の運命が決まることもあるということ。陛下はそのような力をあなた方に与えたくないんだ。この先、陛下が馬鹿な男に恋でもして、政情不安を招くようなことがあれば、あなた方は容赦なく陛下の首を切ってしまうかもしれませんからね」

今度もウォルシンガムは否定しなかった。

「陛下は弁《わきま》えた方。栄光のうちに治世を全うされるにはどうしたら良いか、心得ておいでだ。なればこそ、メアリー様の処刑に躊躇われる必要はない。陛下が常に今のまま、良き女王でいらしたら、我らも物騒なことを思いつくことはないだろう」

確かに女王は心得ている。雇い主に気づかれないよう、マーロウは心の中で冷笑を閃《ひらめ》かせた。なにしろ、自ら『常に変わらず』というモットーを選ぶぐらいなのだから。女に生まれるのは呪いのなせる業だと言ったのは古代ギリシア人だが、マーロウも全くの同感だった。男として誕生していれば、エリザベス・テューダーはこれほど臣下の顔色を窺《うかが》う必要はなかっただろう。

「で？　メアリー様の危険な遊戯から我らが女王を守るために、私は何をすればいいのでしょう？」

マーロウの問いに、ウォルシンガムは一通の手紙を差し出した。

「イエズス会がランスに建てた付属神学校から来たものだ」

「失礼……」

短く断って、マーロウは折り畳まれた手紙を開いた。

「当校は敬虔《けいけん》なるカトリック、カンタベリーのクリストファー・ランドーの入学を許可する。ついては渡航時期を知らされたし……このランドーなる男になりすませ、ということですか？」

「そうだ」

　ウォルシンガムは続いてスペイン革で作られた書類入れを示した。

「この中に生い立ち、学歴、その他、おまえが知っておくべき情報が入っている。フランスに到着するまでに、全て頭に叩《たた》き込んでおけ」

　もちろん、できないわけではない。だが、簡単に言ってくれるものだ。マーロウは書類入れを取り上げながら聞いた。

「で、渡航時期はいつになります？」

「三日後だ」

「は？」

　思わず聞き返したマーロウに、ウォルシンガムは苛立ちを隠さずに言った。

「三日後、ここロンドンから出発する。神学校で暮らすのに必要な品などはこちらで用意するし、船の手配も済んでいる。おまえは身一つで、サザークの船着き場に来ればいい。迎えの者を差し向ける」

「判りました」

　くそったれの暴君め、と内心呟《つぶや》きながら、マーロウは頷いた。そう、心の準備はできている。有能な男を自認するならば、どのような命令でも見事に遂行してみせなければならない。一つの成功は、もう一つの成功の呼び水となるだろう。そうして自分の名は人々の口に広く膾炙《かいしゃ》されるようになる。それこそが望みだ。

マーロウは他人から認められ、賞賛されることに飢えていた。いつか必ず、どのような手段を使ってでも、ロンドンの人々を己れの前に平伏させてみせる。ウォルシンガムのように、たかが長靴職人の息子が大それた望みを持つものだと嘲笑《あざわら》う者もいるだろう。だが、構わない。気が済むまで侮辱すればいいのだ。なぜなら、受けた屈辱が大きければ大きいほど、いざ栄光を摑《つか》んだときの喜びもひとしおだから。

「旦那様」

扉の向こうで、執事のハーパーの声が上がった。来客中は入室するな、とでも言われているのだろう。

「ロックフォード様がお見えです。約束よりも早く着いてしまったが、お目通り願えるかとのことでございます」

ウォルシンガムは迷わなかった。

「ここに通せ」

自分との話は終わったものと解釈して、マーロウは別れを告げようとした。

「では、私はこれで……」

「待て」

踵《きびす》を返そうとした背中に、ウォルシンガムの声が飛んだ。

マーロウは動きを止めて、相手の顔を見やる。

「ちょうどいい。ドレイクの秘蔵っ子で、おまえをフランスに連れていく私掠船《しりやく》乗りだ。ここで顔合わせをしておけ」

マーロウは聞いた。

「承知しました……が、よくドレイク殿が身内を貸し出してくれましたね。確か、あなたとは馬が合わぬという噂《うわさ》を聞いたことがあります」

「別に不仲ではない。特に気が合うというわけでもないがな」

ウォルシンガムは微《かす》かに苦笑のようなものを浮かべた。

「ロックフォードを寄越したのは、自分の手駒がいかに優秀な男か、自慢したいという虚栄心からだろう。実際、世界周航に出かけたドレイクに留守を任された彼は、スペインの商船を次から次へと餌食《えじき》にして、一時の平穏すら与えなかったと聞いている」

その言葉が、マーロウの対抗心を煽《あお》った。

「確かにやり手のようですね」

「うむ。おかげで国庫も潤ったと、女王陛下も大層お喜びだった。例のごとく、機会があれば会ってみたいとドレイクをせっつかれたが、ロックフォード自身は宮廷生活などという面倒とは無縁でいたいと固辞して、デヴォンから出てこない。まあ、女王の寵《ちょう》を奪われることを怖れたドレイクが、そうさせたのかもしれないがな。本当ならば、欲のない男だ」

「まったく」

頷きながら、マーロウは思った。欲もなければ、知恵もない、と。そのロックフォードとやらは風任せ波任せの海賊稼業を、いつまで続けられると思っているのだろうか。確かに上つ方とつき合うのは骨が折れるが、それなりに見返りがあることも事実だ。女王のお気に入りともなれば、誰もが羨《うらや》む地位や権力を得ることもできる。

例えば同じデヴォン出身のサー・ウォルター・ローリーだ。

本人に聞いてもニヤニヤ笑うだけなので嘘《うそ》か真《まこと》かは判らないが、彼が寵臣に取り立てられたのは、水たまりの前で立ち往生していたエリザベス女王の足元に天鵞絨《ビロード》のマントを惜しげもなく放り投げたからだそうだ。それで護衛隊長の地位や、数々の税制特権を得られるならば安いものではないか。

もっとも、同じ行動を取った誰もが幸運を摑むというわけではないのも事実だった。サー・ウォルターには、部屋に百人の女がいればその全員を振り向かせるほどの美貌《びぼう》が備わっている。これも広く知られた事実だが、我らが良き女王ベスは面食いなのだ。

「突然のおとない、ご無礼をお詫《わ》びいたします」

ハーパーに先導されてやってきたドレイクの秘蔵っ子は、朗々たる声と共に部屋に入ってきた。風も通らぬ室内だというのに、豊かな黄金の髪をなびかせて。まるで乙女達に交じって暮らしていた頃のアキレウスだ。

「ふ……」

マーロウの唇を微笑が彩る。面白い。確かにただ者ではないようだ。

女王の厳しい審美眼をも充分満足させる美貌。

一介の船長が身につけるにしては豪華すぎる、金糸をふんだんに使った衣裳。お堅いウォルシンガムならば、『奢侈禁止令に基づく服装規定に違反している』と言うに違いない。

だが、それよりも問題なのは、肩に流れ落ちる長い髪だろう。

当世、『良識』を持つとされる人間は突飛な格好はしないものだ。すれば、司祭に弾劾され、不信心の疑いをかけられ、衆目の前で恥をかかされる。ということは、彼は日曜の礼拝に出ていないのかもしれない。本当にそうなら、ますます興味深かった。

イングランドではミサに出ないからといってスペインのように火炙《ひあぶ》りになったりはしないが、牢獄にぶち込まれることは往々にしてある。

マーロウ自身、何度か教区司祭に告発され、あやうく収監されるところまで行ったことがあった。そのたびにウォルシンガムに手を回してもらい、難を逃れてきたのだが、このブロンドの青年もドレイクの助けに縋《すが》ることがあったのだろうか。だが、彼が他人に情けを請う姿は、何となく想像しがたかった。

「お初にお目にかかります、閣下」

　丁寧な礼を取った青年は、ウォルシンガムの隣で自分を迎えたマーロウを見やり、晴れた日の海よりもなお蒼《あお》い瞳をぴかりと光らせた。警戒するというよりは、面白がっているように。油断のならないその輝きを見た瞬間、マーロウは理解する。ここにいるのは自分と良く似た魂を持つ男だということを。つまり目新しいもの、刺激的なものが大好きで、何よりも自由を愛する人間だ。

「ジェフリー・ロックフォードでございます。そして、あちらに控えておりますのが私の右腕であり、『グローリア号』の航海長を務めているナイジェル・グラハムです。閣下さえよろしければ、彼も同席させて頂きたいのですが」

　マーロウは素早く扉に視線を向けた。不覚だ。ロックフォードに気を取られ過ぎていたのだろう。その言葉を聞くまで、もう一人の気配を捉えることができなかった。

「ああ、構わぬ。こちらに参れ」

　ウォルシンガムの言葉に軽く一礼して入ってきた人物は、金髪の美青年と同じぐらい、いや、それ以上の衝撃をマーロウに与える。

　ナイジェル――――ラテン語の『黒《ニゲル》』という言葉を体現しているかのように、彼の身はその色で包まれていた。髪もほとんど黒に近い濃褐色だ。そして右目も黒絹の眼帯で覆われている。けれど、白皙《はくせき》の頬の上で輝くただ一つの瞳は、薄く靄《もや》を刷《は》いた冬の海を思わせる灰青色をして

いた。

趣は全く違うが、彼もロックフォードに負けずとも劣らない美貌の持ち主だ。というより、並び立つことによって、互いの魅力を最大限に引き出す二人組と言った方がいいだろうか。

「ナイジェル・グラハムです。お目通りをお許し頂き、光栄至極でございます」

落ち着いた声音でウォルシンガムに挨拶《あいさつ》した青年は、ちらりとマーロウを見た。ロックフォードと違い、存在を確かめただけで、少しも興味というものを感じさせぬ視線だった。壁にかかった、それも不出来な肖像画を眺めやるような感じだ。

その冷ややかさが、マーロウの心に火を点《つ》けた。誹謗《ひぼう》中傷よりも自尊心を傷つけるもの、それは無関心だ。取るに足らないもののように扱われることほど、我慢のならないものはない。

自分に対して無礼な態度を取ったことを、必ずや後悔させてやる。そう胸の裡《うち》に呟きながら、マーロウは隻眼《せきがん》の青年を見つめ続けた。

「紹介しよう」

ウォルシンガムは僅かに肩を揺らすことでマーロウを指し示した。

「今回の積み荷だ。クリストファー・マーロウ。私の用を務めつつ、ケンブリッジの学生をしている」

ロックフォードが歯を見せた。

「よろしく。俺のことはジェフリーと呼んでくれ。君のことはキットでいいかな？」

「ああ、構わないよ。で……」

本当は気にくわなかったが、マーロウは何気なさを装って、もう一人に笑みを向けた。

「君のことは何と呼べば？」

隻眼の青年は突き放したように言った。

「お好きなように」

人懐こい船長と違い、この航海長は愛想というものを母親の腹の中に置き忘れてきてしまったようだ。かちんと来たマーロウは、勧めに従って好き勝手に呼ぶことにする。

「ドレイク殿からも聞いていると思うが、君達の任務はマーロウを秘密裡にフランス沿岸まで送り届けることだ」

ウォルシンガムが説明を始める。

「ダンケルク、グラヴリーヌ、カレー、とにかく無事に上陸させることができるなら、どこでも構わない。できれば、ランスに近い方がいいが」

ジェフリーが聞いた。

「向こうで落ち合う相手はいないのですか？」

「いない。マーロウはフランス語を流暢に話せる。金さえ握らせておけば、一人でランスまで辿《たど》り着ける」

「なるほど」

ジェフリーの視線を受けて、マーロウは肩を竦めてみせる。

「信頼されていると喜ぶべきかな」

「たぶんね。君の希望は？」

「カレーか、ブーローニュ・シュル・メール」

ジェフリーは頷き、それからナイジェルを振り返った。

「どっちがいい？」

ナイジェルは少しも躊躇わずに言った。美しい灰青色の瞳をひた、とジェフリーの面に当てて。

「秘密裡に、というなら寄港はできない。ボートに乗り、人知れず上陸するというのであれば後者だろう。かつて我が国の領土だったカレーは、再び奪還されることを怖れて、夜間も港湾の監視を続けているという話だ」

「判った。ブーローニュに行こう」

『キャプテン』という称号を戴《いただ》く者は船上では神にも等しいと聞いていたが、どうやらジェフリーは暴君ではないらしい。何かを決定するのに己れの好悪ではなく、部下の判断を尊重するのだから。あるいはナイジェルだからこそ意見を許すのだろうか。ありうる話だと、マーロウは思った。ただの船長と航海長にしては、二人を取り巻く空気が親密すぎる気がする。

そして、どうにもそれが面白くない。なぜそう思うのかはマーロウ自身、よく判らなかったが。

「……では、諸君の健闘を祈る」

出発までのあれこれを打ち合わせた後、ウォルシンガムはその短い言葉でマーロウ達を追い払った。

「客人だというのに容赦がないな、あの人も」

廊下に出たマーロウがぼやくと、ジェフリーが声を上げて笑った。まったく、いついかなるときも陽気さを忘れない男だ。

「俺達も別に歓待されると思っていたわけじゃないさ。それでもあんたが気になるっていうんなら、美味《うま》いエールを飲ませる店を紹介してくれ。お近づきの印におごるよ」

その瞬間、いついかなるときも仏頂面を崩さない航海長が、船長の脇腹をぐいと肘《ひじ》でつつくのが見えた。どうやら、ナイジェルはマーロウとの友誼《ゆうぎ》を深めたくないらしい。これもなぜかは判らないが、ずいぶんと嫌われたものだ。マーロウはにっこり微笑んで、整ったナイジェルの顔を顰めさせることにする。

「喜んでご一緒させてもらうよ」

案の定、マーロウの返事を聞いたナイジェルは、すっと横を向いて何事かを呟いた。たぶん、呪いの一つも吐いたのだろう。マーロウは何だか楽しくなってきて、嫌がらせを続けることにした。そう、もっとナイジェルの心を乱してやりたい。返ってくるのがどんな反応でも、冷たく無視されるよりはましだ。

「俺のシマはサザークなんだが、お運び願えるかい?」

マーロウの言葉に、ジェフリーは頷いた。

「丁度いい。俺達の宿もそっちなんだ」

「じゃ、早々にこのお屋敷からおさらばしよう。旦那の息子に見つかったら、足止めを喰っちまうからな」

「なぜ?」

「綺麗なツラをした男が大好物だからだよ。あんたやお隣のガニメデスみたいなね」

その台詞を耳にした途端、そっぽを向いていたナイジェルがマーロウを睨みつけた。

「貴様……今、何と言った?」

マーロウはしれっと答えた。

「ガニメデス。好きに呼んでもいいって言っただろ?」

「く……」

ナイジェルがとっさに握り締めた右の拳《こぶし》を、ジェフリーの掌《てのひら》が押し包む。

「止めておけ」

「愚弄《ぐろう》されるのは我慢ならん……!」

「おまえがつれなくするから、からかわれるんだ。なあ?」

明るいブルーの瞳が、マーロウを振り返る。

「その辺りにしておいてやってくれ。旅に出る前から角突き合わせてばかり、というのでは、俺の身がもたん」

「判ったよ」

マーロウは内心の苦々しさを押し隠して微笑む。野良猫のように人慣れぬナイジェルだが、ジェフリーにだけは懐いているようだ。今もまだ手を取られたままで大人しくしている。彼がそんな風に触れるのを許すのは、たぶんジェフリーだけに違いない。

「あんた達、デキてるのか？」

ウォルシンガム邸を出たマーロウは、隣を歩くジェフリーに聞いてみた。もちろん少し後をついてくるナイジェルの耳には届かぬように。

「そう見えるか？」

ジェフリーは驚かなかった。上機嫌にくすりと笑っただけだ。

「残念ながら、ただの幼なじみで親友だよ」

「残念、ってことは、あんたの方にはその気があるってことか？」

「あった、と言った方が正しいだろうね。ただし……」

ジェフリーはマーロウの耳元に唇を寄せた。

「この俺が自らを律してまで守った貞操だ。どこの馬の骨とも判らぬヤツに奪われるのは御免こうむる。あんたもその気なら、覚悟しておくんだな」

マーロウは再び思った。ジェフリーと自分は本当に良く似ているようだ。笑いながら、平然と人を斬れるところが特に。そして、

「判ったよ」

挑戦を黙って見過ごすことができないところもだ。マーロウは端正なジェフリーの顔を見返して、はっきりと言った。

「俺は障害がある恋の方が燃える質だ。簡単に手に入るものなど、つまらない」

ジェフリーの口の端が上がる。

「俺もだよ。あんたとは気が合いそうだ」

あるいは牽制《けんせい》し合う仲になるだろう。マーロウは内心、そう続けた。大抵の人々は共通の趣味を持っていたり、物事に対する考え方が同じ相手を友人として選ぶものだ。だが、マーロウは自分と似通った個性を持つ人間を好きになったことも、友人にした例《ため》しもなかった。そうするには、あまりにも油断ならない性格だという自覚があったからである。

そう、本心を見せず、全てを冗談に紛らわし、息をするように嘘をつく者と始終一緒にいて、快さを感じることができるだろうか。マーロウには無理だ。おそらく、ジェフリーも同じだろう。だからこそ、彼はナイジェルを側に置いているのだ。常に本音で向き合い、冗談でごまかすこともなく、真実だけを口にする男を。

（俺も欲しい。ナイジェルのような連れ合いが……）

ジェフリーに対する羨望の念が、マーロウの身を貫いた。孤独には慣れている。だが、好んで独りぼっちを選んでいるわけではなかった。自他共に認める傲慢《ごうまん》な人間でも、いや、傲慢だからこそ、より強く自分を理解し、肯定してくれる相手が欲しくなる。世界の全てが敵に回っても、ただ一人、その人だけは自分から離れないでいてくれる――そんな存在を夢見たこともあった。そう、かなわないと知りつつ抱く願望だ。そのような相手に巡り合えるのは、奇跡にも等しいということは判っていた。

（だが……）

マーロウは僅かに首を巡らし、そこに在る奇跡を盗み見る。

視線に気づいたナイジェルは、あからさまに顔を背けた。悪ふざけが過ぎたのだろう。すっかり嫌われてしまったようだと思ったマーロウは、次の瞬間、はた、と気づく。いや、そうではない。そもそも生真面目な人間は、ジェフリーやマーロウのような男のことは胡散臭《うさんくさ》く思い、鼻も引っかけないのが普通なのだ。ちょっとした会話を成り立たせることさえ困難だということは、先程のナイジェルの態度が証明している。だからこそ、ジェフリーがどのようにしてナイジェルの心を捉えたのか見当もつかないし、それだけに興味も募った。

（その手管を身につければ、俺のことも好きになってくれるのか）

そして、今は頑《かたく》なに伏せられた灰青色の瞳で、自分の顔を見つめてくれるのだろうか。マーロウはそうあって欲しいと思った。困難な挑戦だということは判っている。きっとイエズス会付属の神学校を内偵することよりも手がかかるだろう。だが、簡単に成し遂げられてしまうことなど、つまらなかった。いつの日か、自分に向けられるナイジェルの微笑みは、苦労の甲斐があったと思わせてくれるものに違いない。

（あんたにとっては煩《わずら》わしいだけだろうがな。でも、俺の気を惹くのが悪いんだ）

ナイジェルの端正な顔に未練をたっぷり残しながら、ようやくのことで正面を向いたマーロウの胸には久方ぶりの興奮が躍っていた。

3

テムズ河南岸、いわゆるサザークはウェストミンスター大司教の教区、いわば領地のようなもので、司直もうかつに手を出せない治外法権の地として知られている。

対岸のシティで罪を犯した者も、ここに逃げ込みさえすれば逮捕を免《まぬが》れることができた。どれほど執念深い追っ手でも、暗くて曲がりくねった細い路地には歯が立たないし、うっかりすれば自分が強盗の餌食《えじき》になる可能性もあるからだ。

そんなわけで自由の気風溢《あふ》れるこの地域では、政府の管轄する地域では営業を禁じられている娼家や芝居小屋などが林立している。数は少ないが、同性愛者用の淫売《いんばい》宿も建っていた。

マーロウが客人を案内した『金枝雀亭《エニシダしい》』も、そうした妖《あや》しげな宿の一つだ。

「こんな所が、と思うだろうが、俺の知る限り、ここのエールはロンドンでも一、二を争う味でね。使っているホップが上等なんだろうな」

マーロウはそう言いながら、酒場として使われている一階の大広間を見渡した。いつものように肌も露《あら》わな少年達と、飢えた眼差しで彼らを物色している男達がたむろしている。常連のマーロウのことは完璧《かんぺき》に黙殺した彼らだが、すぐ後に現れたジェフリーとナイジェルに気づいた途端、一斉にざわめきだした。実に判りやすい奴らだ。

「楽しそうなところだな」

ジェフリーはあからさまに秋波を送ってくるブロンドの少年に、悪戯《いたずら》っぽく片目を瞑《つむ》ってみせながら言った。

「さすがは首都だ。プリマスにも淫売宿はあるが、可愛《かわい》い男の子は置いてない」

マーロウは一歩踏み込んだ質問をしてみた。

「実際のところ、男と女とどっちが好きなんだ?」

ジェフリーは肩を竦めた。

「性別にはこだわらないんだが、好みの顔を選ぶと少年だったということが多いかな」

「判るな、それは。本当に綺麗な少年を前にすると、化粧で顔を塗《ぬ》り固めた女は裸足《はだし》で逃げ出したくなるだろうよ。眼は聖なる泉のごとく澄みきって、唇はグミのように紅い。たとえ罪だと判っていても、つい盗み食いをしたくなる」

するとジェフリーも遠慮を捨てて聞いてきた。

「あんたは少年専門か?」

「青年もいける」

ナイジェルをちらりと見てから、マーロウは言った。

「そっちは向き不向きもあるから他人にお勧めはしないが、いもしない神の教えとやらを守って少年を抱かない奴は馬鹿だと思っているよ」

運ばれてきたエールを黙って飲んでいたナイジェルが、それを聞いた途端、テーブルにマグの底を打ちつけた。

「罰当たりなことを口にするのは止めろ」

マーロウはすました顔で微笑んだ。

「あんたの言う罰当たりというのはどっちのことかな？　神はいないって方？　それとも少年と寝ろって方？」

ナイジェルは二、三度、深呼吸をして気持ちを落ち着けようとしたものの、ついに果たせず、ジェフリーに向き直った。

「ドーヴァー海峡を渡るだけなら、案内は必要ないだろう。ブーローニュ・シュル・メールには二人で行ってくれ。俺は陸路でプリマスに戻る」

ジェフリーは宥《なだ》めるように微笑んだ。

「ナイジェル、冗談だ」

「だとしたら趣味が悪すぎる……！」

「ああ。キットにも異論はないだろうぜ」

苦笑を滲《にじ》ませたジェフリーの瞳には、ナイジェルを構いたくて仕方がないマーロウに対する理解の色が浮かんでいた。おそらく彼も通ってきた道なのだろう。二人で過ごしてきた時間の長さを思って、またマーロウは嫉妬に駆られた。今だってそう世慣れた風ではないが、さらに純粋無垢《むく》だった頃のナイジェルをからかって、困惑させるのはどれほど楽しかっただろうか。想像しただけでも、うらやましさのあまり歯噛《はが》みをしたくなるほどだ。

「幼なじみと言っていたが、親の代からの知り合いなのか？」

マーロウの問いに、ジェフリーは首を振った。

「いや、たまたま港で出逢ったんだ」

「港で？」

「ああ、俺は航海から帰ってきたばかり、ナイジェルは水夫になりたくて、雇ってくれる船を探していた。その気になりさえすれば、おまえさんのようにケンブリッジ大学で学ぶこともできたのにな」

マーロウは意地悪な運命を呪った。ナイジェルが進学すると決心していたら、今頃彼の隣に立っていたのは自分だったかもしれなかったのに。

「なんで水夫になりたかったんだ？」

相変わらず苦虫を噛み潰《つぶ》したような顔でエールを呷《あお》っているナイジェルに、マーロウは聞いた。しばらく沈黙が続き、答えるつもりがないのかと諦めかけたとき、ぽつりと声が洩れた。

「ただの水夫じゃない。サー・フランシスのようになるつもりだった」

「ああ」

マーロウは微笑む。いかにもプリマス生まれの少年らしい夢だ。かの街が生んだフランシス・ドレイクは世界周航を成し遂げた英雄で、スペインから強奪した宝物でイングランドの国庫を潤した功を認められ、騎士の称号を授けられた。平民として生まれた者の中では、この上ない出世を遂げた男と言えるだろう。

「名誉と栄光に包まれた人生か……悪くないな」

だが、そう告げたマーロウを、ナイジェルは鼻で笑った。

「名誉も栄光も、俺には無用のものだ。サー・フランシスのようになりたいというのは、別に騎士に叙されたいという意味ではない。俺はただ彼のような私掠船乗りになって、金を稼ぎたかっただけだ」

少しも取り繕わない、というか、身も蓋《ふた》もないその言葉に、マーロウは何と応じたらいいものか迷った。聖人のような清廉潔白さすら感じさせる人物が口にするには、あまりにも意外な内容だったからだ。

「ナイジェルは女手一つで育てられた。その母親に楽をさせてやりたかったのさ。不運にも、息子が成功する前に亡くなってしまったが……」

ぎこちない沈黙を破ったのは、ジェフリーだった。

「結局、身寄りがなくなったから、自分で食い扶持を稼ぐより他はなくなってね。俺が世話になっていた船長に話をつけて、海の兄弟になったというわけだ。なあ、相棒《メイト》?」

ジェフリーが顔を覗《のぞ》き込むと、ナイジェルも僅かに唇を緩めた。幽かな笑み。だが、それは見ている者の眼を思わず細めさせるほど眩《まぶ》しかった。冷たい影像に命が吹き込まれ、温かな血の通う人間になったような感さえある。

(この笑みが俺に向けられたものなら……)

美しい表情を眼で貪《むさぼ》りながら、マーロウは餓えるように思った。けれども、簡単にその願いが叶《かな》わないことも知っている。例のごとく、ナイジェルが笑顔を惜しまないのも、心を許したジェフリーの前だけなのだ。

「仲がよろしくて、羨ましい限りですよ」

マーロウは独り言のように小さくぼやいて、ジェフリーを見つめた。邪魔な恋敵。それでいて嫌いになれないのが不思議だ。対抗心は燃え上がるものの、敵愾心《てきがいしん》は一向に湧き起こってはこない。邪気がなさそうに見える笑顔のせいだろうか。

(いや……)

マーロウは苦笑と共に首を振った。嫌いになれないのは、たぶんジェフリーがナイジェルの一部と化しているからだろう。一緒にいる姿があまりにも自然だから、二人が別々になっている様が想像できないのだ。かといって、互いに依存しているという感じでもない。互いに欠けているところを補っていると言えばいいだろうか。例えばナイジェルの無愛想な応対で怒った人がいたとしても、ジェフリーが愛嬌《あいきょう》たっぷりで且つ機転を利かせた手当てを施せば事なきを得るだろう。つまり、彼らは完璧な一対なのだ。

（それだけに、二人の間に割り込むのは難しいな）

覚悟していたとはいえ、マーロウは弱音を吐きたくなった。だが、あっさり諦める気にもなれない。一緒にいればいるほど、ナイジェルは新たな顔を見せてくれるからだ。冷静かと思えば激しやすく、取り澄ましていそうで少しも気どらない。次から次へと現れる彼の思いがけない一面に、マーロウは夢中になっていた。こんなにも他人の挙動を意識するのは、生まれて初めてのことかもしれない。ナイジェルの注意を惹きつけたいという思いも、時を追うごとに強くなっていく一方だった。最初はただ自分のことを彼に意識させたかっただけなのに、今や彼に好きになってもらいたいと思っている。

「……っ」

そこまで思って、唐突にマーロウは気づいた。好き――そう、自分は好きなのだ。会ったばかりの、まだ良く知りもしない青年に恋をしている。今の今までそのことに思い至らなかった己れの迂闊《うかつ》さに、マーロウは呆《あき》れ返った。だが、その反面、仕方がないかとも思う。誰かに欲情することはあっても、恋をすることなど滅多になかったからだ。

「本当に俺は趣味が悪い……」

マーロウは思わず呟いた。無愛想で、短気で、口うるさく、おそらくは締まり屋で、なおかつ自分のことを蛇蝎《だかつ》のごとく嫌っている人間を、なぜ好きになどなれるのか。しかし、古人も言うとおり、恋というものは理屈ではないのだろう。

「よお、キット！」

そのとき、陽気な声と共にワトスンが姿を現した。

「帰りが遅いから、これは振られたなと思って飲みに来てみれば、両手に花のお楽しみ中とは！」

そうだった。マーロウは思い出す。今夜はワトスンと過ごす約束をしていたのだ。

「すまない。お近づきの挨拶をしていてね」

「お近づき……ってことは、仕事の相手かい？」

「そうだ」

「じゃあ、仕方ないな」

ワトスンはあっさり引き下がってくれた。こういうとき、割り切った大人のつき合いは助かる。ほっと胸を撫《な》で下ろしたマーロウは、一体何者かと身構えるナイジェルと、笑みは絶やさないものの注意深く様子を窺っているジェフリーに友人を紹介した。

「同居人の劇作家、トマス・ワトスンだ。やはり秘書長官殿の仕事をしている」

同輩と知って、ジェフリー達も緊張を解いた。特にナイジェルは、ワトスンの仕事に興味津々《しんしん》だ。

「どちらの劇団で脚本を書いているのですか？　時間が合えば、ぜひ拝見したいものです」

私掠船乗りになるために大学進学を諦めたナイジェルだが、文学に対する興味がなかったわけではないらしい。そんなところもマーロウには好ましかった。普段はどんな作家を読んでいるのだろう。自分でも詩を書いたりするのだろうか。

「おい、クソ野郎ども」

そんなことをつらつらと考えていたマーロウの頭上に、いきなり無粋な言葉が降ってきた。

どこのどいつだと眼を上げると、見知った顔がこちらを睨みつけている。ジョージ・ピーク。元薔薇座付きの劇作家だ。己れの実力不足を棚に上げ、ワトスンが張り巡らしたというありもしない陰謀に陥れられ、劇団を追われたと逆恨みをしている。場所を弁えず、こうして因縁をつけてくるのも、一度や二度のことではなかった。

「俺を踏みつけにして奪った仕事で、ずいぶん稼いでいるようだな。今日はどのガキと遊ぶつもりだ？」

ワトスンは客人を憚《はばか》って、席を立った。

「話があるなら、外で聞こう」

ピークがにやりとする。

「おおよ。いずれ、貴様とはカタをつけなきゃならねえと思ってたんだ」

彼のいう『カタ』が何を意味しているか、判らないマーロウではない。服の上からは見えないが、どこかに隠し持っている短剣で決着をつける、ということだ。

「立会人が必要なら行くぞ」

マーロウの言葉に、ワトスンは首を振った。

「ありがたいが遠慮しておく。一人じゃ戦えないのかと、腰抜け呼ばわりされるだけだ」

「だが……」

「あんな奴にやられる俺じゃないさ。だが、幸運は祈っていてくれ」

マーロウの頬にキスをしたワトスンは、自分を見上げているジェフリー達に微笑んでみせた。

「待っていて下さい。すぐに戻ってきます」

それから彼は迷いのない動きで踵を返した。

「本当についていかなくていいのか？」

友人の背中をじっと見送っているマーロウに、ジェフリーが聞いた。

「要らない、と言うんだから仕方ない。彼に恥をかかせるわけにはいかないからな」

「だったら気づかれないように、こっそり見守るというのはどうだ？」

ジェフリーは熱心に言葉を重ねた。

「俺の鼻は危険な匂《にお》いに敏感でね。何となく嫌な感じがするんだ」

すると、マーロウに対しては頑なに口を閉ざしていたナイジェルも言った。

「一緒に行くべきだと思う。こういうときのジェフリーの勘は外れた例しがない」

日々切った張ったの危険に身を曝《さら》し、無事に生き延びてきた強者《つわもの》どもの言うことだ。マーロウもそれ以上、反論するつもりはなかった。

「判った。ただし、いざ戦うことになっても、あんたらは手を出すなよ」

マーロウが釘を刺すと、ジェフリーは不満そうな表情を浮かべた。

「なぜだ？」

「大事を前にして、ドレイクの秘蔵っ子を決闘騒ぎに巻き込んだことが秘書長官殿にバレたら、どんな目に遭わされるか知れたもんじゃない」

「大事が控えているのは、あんたも同じだろう？」

「ああ。こんどの任務は俺以外にはこなせない。だから、司直の手に落ちたところで、すぐに釈放してもらえる。替えが利くあんた達とは違うところさ」

「判ったよ。お手並みを拝見しよう」

渋々納得したジェフリーとナイジェルを引き連れて、マーロウは出口に向かった。ワトスン達がまだ切り結んでいないことを祈りながら。

4

『金雀枝亭《エニシダてい》』から一歩足を踏み出した途端、マーロウは吹き付ける風のような強い殺気を感じた。どうやら『嫌な感じがする』というジェフリーの勘は当たったようだ。仕事を失い、恨み心頭に達していたピークは、何としてでもワトスンを殺そうと決意していたらしい。

宿の外にいたのは、ピークを始めとする五人の男だった。しかも、それぞれに長剣を構えている。

「汚いぞ、ジョージ。助っ人を頼むとは！」

蒼白《そうはく》になったワトスンが喚《わめ》くと、ピークも迸《ほとばし》るような哄笑《こうしよう》を放った。

「仕損じるわけにはいかないからな。だが、俺も情けを知らないわけじゃない。短剣しか持っていないというなら、長いのを貸してやってもいいぜ」

ピークが顎《あご》をしゃくると、仲間の一人が手にした長剣をワトスンの前に放り投げた。

「く……っ」

不利な戦いはしたくない。だが、短剣だけでは太刀打ちできない。迷ったあげく、ワトスンは長剣を拾った。周囲を固められ、逃げ出すことができないのなら、もはや立ち向かうしかないと覚悟を決めたのだろう。

「こいつはもう一対一の決闘じゃないな」

ジェフリーが呟く。

「つまり、我々が助太刀したところで、ワトスン殿の名誉に何ら傷が付くわけではないということだ」

我々、という言葉を聞きとがめて、マーロウは溜め息をついた。

「おい、おい、さっきも言ったが、おまえさん達は……」

だが、その言葉が終わる前にジェフリーは長い金髪を閃《ひらめ》かせると、じりじりと輪を狭めているピーク達の中に切り込んでいってしまった。

「ジェフリー！」

焦った声を上げるマーロウの横を、今度は漆黒の風が通り抜ける。右手に長剣、左手に短剣を構えたナイジェルだ。立ち居振る舞いこそ落ち着いていたが、内心ではジェフリーと同じぐらい闘志を燃やしていたらしい。

「……見た目は優男《やさおとこ》だけど、海賊だもんな」

マーロウは溜め息をつくと、アッという間にジェフリーが倒した男の手から奪った長剣を構えた。そして、叫び声と共に突進していく。

「ジョージ！　逆恨みもたいがいにしやがれ！」

　形勢逆転したピークが、憎々しげにマーロウを振り返った。

「素寒貧《すかんぴん》の居候が大きな口を叩くな！」

　確かにその通りだったが、やはり面と向かって言われると腹が立つものだ。マーロウは獲物に襲いかかる狼のように歯をむき出しにすると、ワトスンを蹴り倒したピークに斬りかかった。

「死ね！　死ねっ！」

「畜生！」

　それがサザークなのだからと言われれば仕方がないが、何しろ狭い路地だ。うっかり長剣を振り回すと、切っ先が左右の壁に突き刺さってしまう。それを抜き取ろうと苦心している間に攻撃を受けると、避けようがなくて危険だった。

「ハッ！　もらったあーっ！」

　どうやら、マーロウの背後でその罠《わな》にかかった者がいたらしい。ふいに残酷な喜びに満ちた声が上がった。ピークの攻撃に気を配りながら、ちらりと視線を流すと、何と標的になっているのはナイジェルだった。彼は煉瓦《れんが》と煉瓦の間に突き刺さったままの長剣から手を離すと、鋭い突きから鮮やかに身をかわし、傍《かたわ》らを擦り抜ける敵の背中に左手の短剣を突き刺す。まるで踊るように優雅な一連の動きに、マーロウは思わず見とれてしまった。完璧だ。どの一瞬を切り取っても、ナイジェルは美しい。だが、

「地獄に落ちろ！」

その隙《すき》をピークは見逃さなかったようだ。ハッと我に返ったとき、彼の剣はマーロウの喉元《のどもと》に迫っていた。けれど、しまった、これで終わりかと思ったとき、すんでのところで誰かがピークの剣を跳ね上げてくれる。

「油断するな」

僅かに弾んだ息と共に上がった声は、ジェフリーのものだった。

「うっかり死んじまったら、ナイジェルに迫れないぞ」

そんな場合ではないと判っていたが、ついマーロウは吹き出してしまった。

「それは困る」

「だろう？」

ジェフリーも陽気な笑みを閃かせた。

「俺もあんたにからかわれて困惑する相棒をもっと見たいんだよ。あいつが本気で怒ることなんて、滅多にないからな」

その言葉がマーロウの心に希望の火を灯《とも》した。少なくとも、自分はナイジェルにとって忘れ得ぬ存在になったようだ。たとえ、それが怒りと共に思い出されるだけだとしても。

「そうさ。無視されるよりは断然いい」

マーロウはそう呟いて、再びピークに襲いかかった。その間にジェフリーは短剣一つで苦戦しているナイジェルを助けに行く。

「誰だ、てめえら！　一体、何者だよ……っ？」

助っ人の一人が悲鳴のような声を放っていた。彼もワトスンを取り囲んだときには、まさかこのような酷《ひど》い目に遭わされるとは予想だにしなかっただろう。

「知りたいか？」

壁際に男を追いつめたジェフリーが、強張った顔の横に長剣を突き刺す。

「ひっ」

首の薄皮をそぎ取られた男はぎゅっと目を閉じ、がくがくと膝《ひざ》を震わせた。

「ロンドンで名を売るつもりはないんだが、教えてやるよ。俺達は何者だ、ナイジェル？」

短剣を鋭く振り、血の雫《しずく》を払い落として、ナイジェルは言った。

「女王陛下の海賊。好物はスペイン人の血だ。貴様らのではない」

静かだが誇らしさの滲む口調だった。それはスペイン人がドレイクにつけた渾名だったが、他の私掠船乗りも好んで自称しているらしい。そう名乗ることで、ジェフリーとナイジェルは己れの信念を顕《あら》わにしているのだ。『俺達はイングランド人。女王エリザベスに忠誠を誓い、スペイン野郎は片っ端から血祭りに上げてやるぞ』と。

「たまらないな……」

戦意を失った男に背を向けた二人は、マーロウを振り返った。美しさと強さを併《あわ》せ持つ完璧な一対――――判っている。この二人の仲を引き裂くことは不可能だ。ならば、せめてつかず離れず、彼らの傍らに留まれるようになろう。マーロウはそう決意しながら、思い切り振り下ろした剣でピークの手首を強打した。

「うわあ……っ」

ピークは痺《しび》れる腕を押さえながら、地面に蹲《うずくま》る。

マーロウは彼の剣を遠くに蹴り飛ばしながら言った。

「トマス、こいつはおまえの獲物だ。煮るなと焼くなと好きにしろ」

頼もしい味方を得て、少し顔色が戻ったワトスンは、惨《みじ》めに這《は》い蹲《つくば》った敵を見下ろして呟く。

「貴様が仕事を失ったのは、俺のせいじゃないと認めろ。そうすれば命だけは助けてやる」

マーロウの感覚からすると生温《なまぬる》いが、それがワトスンの出した結論ならば否応《いやおう》はない。確かに正当防衛とはいえ、殺人を犯せば面倒なことになるのは判っていた。

「判った……俺が間違っていた……こんなことは二度としない」

一時の興奮から醒《さ》めたピークも、素直に自分の非を認めた。やはり死ぬのは怖かったのだろう。ぼそぼそと呟いた彼は、仲間を助け起こすと、いずこともなく姿を消した。

「ありがとう。君達がいなかったら、いまごろ俺はあの世に行っていたよ」

ワトスンが礼を言うと、ジェフリーはにっこりした。

「無事でなによりだ。宿に戻って、この幸運を共に祝おう」

「ああ。俺におごらせてくれ。せめてもの感謝の気持ちだ」

「では、ご好意に甘えようかな」

ジェフリーはそう言ってから、マーロウを振り返った。

「というわけで、今日はトマス持ちになった。俺がおごるのは、別の機会に譲るぞ」

再び逢うつもりがあるのだと知って、マーロウは密かに胸をときめかせながら頷いた。

「忘れるなよ。俺も絶対に覚えているからな」

「ああ」

それからジェフリーは親友に目を向け、おや、というように首を傾《かし》げた。

「傷ものにされたか？」

よくよく見れば、ナイジェルの頬にぽつんと血の雫が落ちていた。ジェフリーは手を伸ばし、親指の腹でそっとそれを拭《ぬぐ》う。

「ああ、返り血か」

どうやら傷はなかったらしい。ジェフリーはごしごしと皮膚を擦《こす》り、それから仕上げとばかりに頬を摘《つま》んだ。

「止めろ……子供じゃないんだから」

鬱陶しげに言いながらも、決してジェフリーの手を払いのけたりはしないナイジェルの姿に、またマーロウの心は乱れた。二人の傍らにいられればいいと思うものの、やはり仲睦《なかむつ》まじいところを見せつけられると複雑な気分になる。

「恋か……」

自分にしか聞こえない声で呟いて、マーロウは苦笑いを浮かべた。

「すっかり忘れていたな……こんな感覚は」

甘いばかりではない。そして苦いだけでもない。複雑な味わいを、マーロウは嚙み締める。

厄介な相手を好きになってしまったと思いながら。

「何を見ている？」

ふいにナイジェルの声がして、マーロウは彼を凝視していた自分にようやく気づいた。

「いや……」

別に、と言いかけて、マーロウは思い直した。いつもの悪戯心が、またむくむくと頭を擡《もた》げたのだ。

「古代ギリシアの神々は、あんたの血からどんな花を作り出すだろうって思ったのさ。アドニスはアネモネ。ヒュアキントスはヒヤシンス。ナイジェルは……」

閃光《せんこう》のような怒りが、灰青色の瞳を過ぎった。

「判った！　俺のことは洗礼名で呼べ。今後それ以外の胸くそが悪くなるような呼び名を使ったら、容赦なくその口に拳をぶち込んでやる」

「判ったよ、ナイジェル」

親しげに呼びかけて、マーロウは微笑んだ。短気と冷酷。それは暴君に顕著な性質だった。しかし、これほど美しければ、その暴虐に耐えるのもまた喜びとなろう。

「ふん……」

マーロウの気持ちが伝わったのだろうか。ナイジェルは面白くなさげに鼻を鳴らすと、いつものようにジェフリーの傍らに戻っていった。

「女王陛下の海賊か……」

悪くない呼び名だが、彼らを女王のものだけにしておくのは業腹だ。だから、マーロウは胸の裡ではこう呼ぶことにする。

「俺の海賊たち」

密かな声が届いたように、ナイジェルがちらりと振り返った。その眼差しでマーロウの心を根こそぎ強奪するために。

本当に海賊こそは彼の適職だった。

妖精の分け前

1

少年水夫で良かったことの一つは、きつい荷役を免除されていることだ、とジェフリーは言った。

「俺達みたいに力瘤《こぶ》ひとつ出ない奴らを使っていたらアッという間に日が暮れちまうし、鼠《ねずみ》みたいに足元をちょろちょろされるのも危ないんだとさ。これ、ワッツ爺《じい》さんの受け売りだけど」

港内で船乗り向けに営業している屋台で買った焼き肉入りのパン——中に挟《はさ》まっているのは羊肉という触れ込みだが、実際のところは良く判らない——を半分に分け、大きい方を親友に差し出しながら、ナイジェルは訂正した。

「ワッツ船長、だろ」

もらったパンに早速かぶりつきながら、ジェフリーが綺麗《きれい》な顔を顰《しか》める。

「堅苦しいことを言うなよ。いいじゃないか、二人だけのときぐらい」

「船乗りは酒ばかり飲むいい加減な輩《やから》と思われがちだが、本当はその辺りにいる連中よりも、よほど規律正しい人間だ、と教えてくれたのは、確かあんただったと……」

どうやら反論できなくなったジェフリーは早々に降参する。

「判った、判った！　おまえさんの言うとおりだよ。俺が間違ってました」

ナイジェルは考える。これは潔いと言うべきなのだろうか。それとも単に面倒臭がりに過ぎないのだろうか。判断に迷うところだ。

「やれやれ、すっかり立場が逆転しちまったな」

ジェフリーがふと嘆息交じりで言う。

「立場？」

「そうだよ。今や、水夫の心がけを教わるのは、俺の方ときているんだからな。兄貴分の面目もどこへやら、だ」

気を悪くさせてしまったのだろうか。ナイジェルは少し不安になった。

「出過ぎた真似《まね》をしたのなら……」

「ああ、違うって」

謝罪の言葉を口にしようとしたナイジェルを、ジェフリーは苦笑と共に遮《さえぎ》った。

「俺が言いたかったのは、船乗りらしくなったな、ってことだよ。見事、願いは叶《かな》えたものの、右も左も判らなくて、ヒヨコみたいに俺のあとばかりをついてきた可愛《かわい》い坊やは、一体どこに行っちまったんだろうな、って思っただけのことさ」

「そ、そうか」

ナイジェルはホッとするのと同時に、少し恥ずかしくなる。

自分でも船上生活にはだいぶ親しんできたと思うのだが、海の兄弟同士が交わす少し乱暴で、どこか相手をからかうような軽口には未だに戸惑うことが多い。

たぶん、それも堅苦しい性格に拠《よ》るものなのだろう。

ナイジェルも自分がもっと朗らかで人懐こい人間だったらいいのに、と思うことはしばしばだった。

例えば、隣にいるジェフリーのように。

航海が長引くと、男ばかりの船上の空気は次第に荒れ始め、刺々《とげとげ》しいものになってくる。

だが、そんなときもジェフリーが姿を現し、金色の髪と同じぐらい輝く笑顔と共に二、三言、冗談を言えば、張り詰めていた空気がふっと和らぐのが常だった。

シュラウドの早昇りも、フットロープの渡り方も、航路や白船の位置を把握するために太陽や星の位置を測定することも、訓練次第でジェフリーに追いつくことは可能だろう。けれど、いくら努力しても、あれだけは真似できそうにない、とナイジェルは思った。

「おまえは人見知りをするからな」

いつだったか、ついうっかり『仲間になかなか馴染《なじ》めない』と口にしたナイジェルに、彼はそう言った。

「それに面倒を見ていたのが女親だけで育ち方が上品だから、荒っぽい水夫の態度に戸惑うことも多いんだろ」

ジェフリーから生い立ちを聞いているナイジェルは、思わず反論した。

「あんただって母親しかいなかったじゃないか」

「まあ、そうだけど」

ジェフリーは軽く肩を竦《すく》めた。何でもないことのように。

「彼女の場合、本当に『いた』だけだからな。俺がまともな人間になれるよう躾《しつ》けてくれたのはワッツ船長だったから、やっぱりおまえとは事情が違うよ」

カトリックだったメアリー女王の治世、新しい女を作って自分を捨てようとした夫を、ジェフリーの母親は『異端であるイングランド国教徒』として告発し、火刑台へ送り込んだ。

だが、国教徒のエリザベス女王が即位した途端、彼女は『夫を殺した魔女』と罵《ののし》られ、カトリックに恨みを持つ人々に痛めつけられて、寝たきりの不自由な身体になってしまった。

まだ幼かったジェフリーは同情心に溢《あふ》れるトマソン医師や人目を忍んで訪ねてくる母親の親《しん》戚《せき》、そして彼女の懺悔《ざんげ》を聞きにやってくるカトリックの司祭が運んでくる食べ物で、ようやく命を繋《つな》いでいたらしい。

だが、母親の死後はたった一人で町外れの朽ちかけた小屋に放置され、救いを求めて這《は》い出した道でも冷たく無視されて、餓死しかかっていたそうだ。

話を聞きつけてやってきたトマソン医師に拾われ、ようやく探し出した遠縁のワッツ船長に預けられなければ、船乗りになって自立したいと願い、その手段を求めて埠頭《ふとう》をうろついていたナイジェルと彼が出会うことはなかったのだろう。

ナイジェルも呪《のろ》わしい私生児として冷ややかな視線を浴びせかけられたり、嫌がらせをされたことがある。だが、それでもジェフリーが味わってきた苦難とは比べものにならない。自分には愛情深い母親がいてくれた。死にかけるほどのひもじさを感じたこともない。これも何気ない口調で告白されたことだが、食べ物欲しさにカトリックの司祭に身体をまさぐられたというような経験も。

そう、ジェフリーが言うように、まったく『事情は違う』のだ。

「嫌なことを思い出させてごめん……」

だが、失言を悔やんで俯《うつむ》くナイジェルを、ジェフリーは抱き締めてくれた。

「気にすんなって。おまえさんは人見知りの上に、優しすぎるんだよ」

「でも……」

「ワッツ船長が教えてくれた。生まれは変えられないけど、生き方次第で立派な男になれるってな」

ジェフリーは少し顔を離してナイジェルの顔を見てから、こつん、と額同士をぶつけてきた。

「船乗りも同じだよ。おまえは陸暮らしが長かった。だから、水夫の生活に慣れるのには時間がかかる。焦ること、ないんだ。立派な船乗りになりたいって気持ちを持ち続けていれば、いつかなれる。その頃にはおまえも陸の奴らの方がつき合いづらくなっているさ」

「うん」

ナイジェルは頷《うなず》き、それから照れ隠しに呟《つぶや》いた。

「結局、どうあっても俺の人見知りは直らないんだな」

ジェフリーはくすくす笑った。

「いいじゃないか。おまえが誰にでも愛想を振りまくような奴だったら、俺はつまらないよ。こんな風に独り占めできなくなっちまうからな。でも、ま、もう少し皆の前で笑顔を見せてもいいかなとは思うけど」

「おかしいことが何もなくても？」

ジェフリーは不満そうなナイジェルの顔に掌《てのひら》を滑らせた。

「暗かったり、怒っているような顔を見て、いい気分になる奴はいないだろ？　せっかく、こんな美人なんだし」

ナイジェルはジェフリーの手を払いのけた。

「俺は女じゃない」

「判ってるよ。何度も裸のつき合いをしてるしな」

「一緒に川で泳いだだけだろう！　誤解を招くようなことを言うな！」

懲《こ》りない親友は再びナイジェルの頰《ほお》を軽く摘《つま》むと、お手本だとでもいうように例の輝かしい笑みを浮かべてみせる。

「じゃ、美人改め美男だ。とにかく、騙《だま》されたと思ってやってみろよ。おまえがにっこりすれば、周りの人間も幸せな気分になる。そうなりゃ、兄弟達のおまえに対する態度も和らぐし、おまえの方も兄弟達に親しみを感じるようになってくるさ」

冗談に紛らわせた親身な忠告――そう、ジェフリーはいつだってナイジェルを助けてくれる。困っていると見て取るや、さりげなく手を差し伸べてくれる。一見ちゃらちゃらしていて、何の悩みもなさそうで、目上の者に対する態度も悪ければ身持ちも悪いジェフリーだが、人としての器はナイジェルよりも遥《はる》かに大きいのだろう。

(ほとんど歳は変わらないのにな)

自分よりも大人びている友人の存在は、早く大人になりたいと願い続けてきたナイジェルを刺激せずにはおかない。彼にとってジェフリーは心を許せるただ一人の親友であり、こうなりたいという目標でもあった。

「ほら、練習だ。笑ってみろ」

摘んだ頰を引っ張られたナイジェルは、促されるままに自分が『笑顔』と信じる表情を作ってみせた。

「こ……これでどう？」

どうやら失敗だったらしく、ぷっと吹き出したジェフリーに腹を立てたナイジェルは、それ以来、練習をするのは止めている。

人には向き、不向きというものがあるのだ。それにいつもジェフリーと一緒にいるのであれば、自分が愛嬌《あいきょう》を振りまく必要などないではないか。それがナイジェルの言い分だった。

そう、ジェフリーは磁石のように他人を魅きつける。彼に心を奪われた人々は、その傍《かたわ》らにいる者のことなど少しも気に留めないに違いない。愛想など、振りまくだけ無駄なのだ。

「なんだ、まだ食ってないのか？」

物思いに耽《ふけ》っていたナイジェルを、ジェフリーの声が正気づかせる。

「あ、ああ」

「もしかして、そんなに腹が減ってないとか？」

すでに自分の分をぺろりと平らげていたジェフリーは、ほとんど手がつけられていないナイジェルのパンに餓えた視線を向けてくる。ここ最近、急激に伸び始めた身長と正比例するように、彼の食欲も増大する一方だった。

「これ、食べてもいいよ」

やはり伸び盛りのナイジェルも空腹を感じていないわけではなかったが、ジェフリーの今にも涎《よだれ》を垂らしそうな風体を無視することもできず、手にしたパンを差し出す。どうせ夕食の時間まではあと少し――その少しが待ちきれないというジェフリーの我がままを聞き入れて、買い求めたおやつなのだから。

「じゃ、一口もらうな」

ナイジェルが手にしたパンにかぶりついたジェフリーは、サメのように獲物を食いちぎる。

(凄《すご》いな……)

ナイジェルは思わず感心した。船上で出されるビスケットほどではないが、いつ焼いたかも知れぬパンはとても固くて、咀嚼《そしゃく》するのも一苦労だというのに。

歯もそうなのだが、ジェフリーの肉体は頑健そのものだった。たぶん、生まれつきなのだろう。そして、それもまたナイジェルが羨《うらや》まずにはいられないものの一つだった。

ひよわな陸者《おかもの》は少々波が高いといっては船酔いを起こし、風がちょっぴり冷たかったといっては熱を出す。

寝床に横たわった自分を心配そうに見守っている蒼《あお》い瞳を見返しながら、ナイジェルはもっと身体を鍛えなければ、と思うのが常だった。いつまでもジェフリーに面倒を見てもらうだけでは嫌なのだ。優しくされるのは嬉《うれ》しいけれど、甘やかして欲しくはない。ナイジェルは彼と対等の存在になりたいのだから。

「さっきの話だけど、少年水夫で良かったと思うことは他にもある?」

密《ひそ》かな対抗心を燃やし、残りのパンに果敢に挑み、何とか胃におさめたナイジェルは、だるくなった口をようやく動かして聞いた。

「そりゃ、あるだろ」

「例えば？」

「悪さをしても叱《しか》られるだけで、鞭《むち》打ちまでは喰らわない。『キャサリン号』だけかもしれねえけど、水や食糧が少なくなってきたときも、配給が減らされるのは大人だけだ」

血の繋がりなどないに等しいにもかかわらず、ジェフリーを引き取ったワッツ船長は道義心に溢れ、情けを知る人だった。隻眼《せきがん》というだけではなく、一から水夫として仕込むには年を取りすぎていたナイジェルを雇ってくれたのも、何だかんだ言いつつも可愛がっているジェフリーに頼まれたからというだけではなく、他に行き場がないことを察してくれたからだろう。

ナイジェルの父親が誰か、ということを知る人々は決して少なくない。

だが、ナイジェルの母親エセルが早死にしなければならなかった理由を知る人は、ほとんどいなかった。

なぜなのか。

父親が秘匿《ひとく》したからだ。

エセルを殺したのは、ナイジェルの異母弟だった。彼は自分の母親の死後、愛人だったエセルを屋敷に入れようとした父を恨み、ナイジェルの将来を考えて話を受けたエセルを憎んだ末、おぞましい犯行に及んだ。

いくら身寄りがなくなったからとはいえ、異母弟と父親が共に暮らす屋敷になど、ナイジェルが行くはずもない。むしろ、一歩たりとも足を踏み入れるつもりはなかった。

　ワッツ船長はそんなナイジェルの気持ちを理解してくれた。おそらく、事情を知る数少ない者の一人、ジェフリーから真実を聞かされていたのだろう。だが、ナイジェルの前では知らぬ存ぜぬを貫き通してくれていた。血の繋がりなど無きに等しいのかもしれないが、そんな風にさりげない優しさを示してくれるところが、ジェフリーと似ている。だから、ナイジェルも船長として尊敬しているのはもちろんだが、個人的にも好意を抱いていた。

「キャサリン号はいい船だな」

　ぽつりとナイジェルが呟いた言葉に、ジェフリーも頷く。

「アイ。最高の船さ。サー・フランシスの『ゴールデン・ハインド号』にも、少しもひけは取らないぜ」

　世界周航を成し遂げ、イングランドに巨万の富をもたらしたドレイク船長は、プリマス生まれの少年にとっては憧《あこが》れの的だ。

　父親の干渉から逃れ、母親と二人で暮らすために自立を志していたナイジェルが、ああなりたいと願ったのもサー・フランシスだった。しかし、船乗りとなった今、見習いたいと思うのはワッツ船長だし、乗り込みたいのもキャサリン号の方だ。しかし、憧れの英雄に対する興味が薄れたわけではない。

「あんたはサー・フランシスに会ったことがあるんだよな」

「ああ。おまえの短剣もそのときにもらったんだ」

「そうか……」

サー・フランシスが『いい船乗りになれ』という言葉と共にジェフリーに贈った短剣は、今、ナイジェルの腰に下がっている。肌身離さぬ宝物――その鞘《さや》の上に手を置いて、ナイジェルは思った。ジェフリーから短剣を借りて、異母弟に復讐《ふくしゅう》しようとしたときのことを。

異母弟はもともと病弱だったから、打ち倒すのは簡単だった。だが、最後の最後でナイジェルは怯《ひる》み、とどめをさすことを躊躇《ためら》ってしまった。その結果、逆襲を喰らって、右目の視力を永久に失ってしまったのである。

ジェフリーから短剣を贈られたのはその直後だ。自分を傷つけたものを寄越すなんて残酷だと思うかもしれないが、二度と同じ失敗をするなという戒めにして欲しい、と彼は言った。

おそらくそれはかたき討ちという当初の目的も果たせず、隻眼になってしまったことで落ち込んでいたナイジェルに、少しでも気概を取り戻させてやろうという思いやりだったに違いない。

同情の言葉をかけることは、誰にでもできる。

だが、どうすればナイジェルが立ち直れるのかを考えていたジェフリーは、安易な言葉を口にしようとはしなかった。ナイジェルがそうあって欲しいと思っていたように、ただ甘やかすのではなく励ましてくれた。誰だって失敗はする。ただ一度の失敗に恐れをなして、立ち止まることはない。大事なのは二度と同じ失敗をしないことなのだ、と。

(俺の宝物……でも、本当の宝物は短剣じゃなくて、そのときのジェフリーの言葉だ)

当人に告げたことはないが、ナイジェルはそう思っている。だから、一時も手放すことができないのだ。近くに姿が見えないときも、鞘に触れればジェフリーの存在を感じることができるから。

「そういや、ここしばらく、サー・フランシスとは行き違いになってばかりだな」

ナイジェルが彼に会いたがっていると思ったのだろう。ふと、ジェフリーが言った。

「閣下がプリマスに戻ってきているときは、俺達が航海に出ていることが多いし、こっちが帰港すると、今度はあちらさんがロンドンに行っちまったりするし」

「お仕事なんだから仕方ないよ」

「女王のご機嫌伺いが?」

「女王陛下、だ」

「おい、おい、勘弁してくれよ。この先会うかどうかも判らない人間にまで礼儀を払えって?」

うんざりした顔があまりにも哀れで、ナイジェルの微笑を誘った。上機嫌な表情を見ると、人が幸せな気分になるというのは本当のことらしい。顰《しか》めっ面だったジェフリーもすぐに瞳を輝かせ、唇を緩めた。

「判らないってことは、会うかもしれないってことだ。だったら、礼儀正しくしておく方がいいと思うけど」

ナイジェルの言葉に、ジェフリーはわざとらしい溜《た》め息《いき》をつく。

「判ったよ。確かにサー・フランシスに勝る業績を上げたら、女王陛下に呼びつけられるかもしれないしな」

「それを言うなら、召還を受ける、だよ。あんたにはラテン語の前に、丁寧なイングランド語を教えた方がいいのかもしれないな」

「えー、おまえの前じゃ、とびっきり丁寧な言葉遣いをしてるんだぜ」

ナイジェルはすぐに記憶を辿《たど》った。確かに他の水夫が挨拶《あいさつ》代わりに多用する野卑《やひ》な罵りを、ジェフリーの口から聞いたことはない。せいぜい『くそ』ぐらいだ。

「特別扱いの訳を聞いてもいい？」

そう聞いたナイジェルの肩を抱いて、ジェフリーが言った。

「おまえが特別だからに決まってるだろ。下品なヤツだって軽蔑《けいべつ》されたくないし、なによりおまえの綺麗《きれい》な話し方が好きなんだ」

ナイジェルは思わず瞬きをした。

「綺麗？　俺の話し方が？」

「ああ、おまえの顔と同じぐらいいな」

ジェフリーはナイジェルの横顔にキスをする。止める間もあらばこその素早さで。

「色々な言葉を知っているし、言い回しが洒落《しゃれ》ていて、デヴォン訛《なま》りも少ない。だから、俺も真似してるんだ。いいところは見習わなくっちゃな」

褒《ほ》められたナイジェルは、ついジェフリーを怒ることを躊躇ってしまった。それが彼の目論《もくろ》見《み》だったのだろうか。

（いや……）

本心だろう。見返した蒼い瞳に嘘《うそ》はなかった。

「……ありがとう」

「どういたしまして」

肩を抱いたまま、ジェフリーはナイジェルの顔を覗《のぞ》き込む。

「ちなみに、すぐに赤くなるところも大好きだ」

甘い顔もここまでだ。近づいてくる唇を掌でぐいと押しやって、ナイジェルは話題を元に戻す。ジェフリーのことは心から好きだが、時と人を選ばずに色目を遣う悪い癖だけは何とかして欲しい。

「サー・フランシスとのすれ違いはしばらく続きそうだな」

「アイ。でも、いつかは会えるさ」

いつものように深追いはせず、ただナイジェルの肩を抱いた手だけは離さずに、ジェフリーは頷いた。彼は人懐こいだけではなく、ひどく寂しがり屋なのだ。誰彼構わず色目を遣うようになったのも、たぶん一人になるのが嫌だったからに違いない。

「俺、一人じゃ眠れないんだよ。どうしてもそうしなきゃならないときは、灯《あか》りがついているところに行かないと……」

先日のことだが、暑くなってきたから一緒に寝るのは遠慮したいと切り出したナイジェルに、ジェフリーはぽつりと言った。とっさに『子供じゃあるまいし』と言い返そうとしたナイジェルは、彼の顔を見た途端、その言葉ごと息を呑《の》み込んだ。やはり、見返した目に嘘がなかったからだ。寂しそうで困り果てた瞳は、ナイジェルの胸を痛ませずにはおかなかった。

その一件があって以来、ナイジェルはジェフリーと共に寝るのを断ったことはないし、今のようにベタベタとまとわりつかれることも大目に見ている。あんな瞳を見るくらいなら、多少の鬱陶《うっとう》しさを我慢した方がましだからだ。

「荷役も終わりそうだな」

埠頭に積まれた樽《たる》や木箱が格段に減ったのを見て、ジェフリーが呟いた。

「こいつが今年最後の航海になる。いや、行き先を考えると、出航が遅すぎたぐらいだ」

目的地はカナリア諸島、そしてアゾレス諸島海域だと、ナイジェルは聞いていた。

「その辺りの海に何か問題があるのか?」

僅《わず》かに首を傾《かし》げたジェフリーの髪が夕陽に照り映えて、本物の黄金のように煌《きら》めく。それは

両親のどちらから受け継いだものなのだろうか。親友のことならば、ナイジェルは何でも興味があった。でも、ずっと聞けずにいる。何でもない風を装っているが、両親の話はジェフリーの心の傷になっていることは判っていたからだ。ナイジェル自身、まだ母親のことを思い出すのが辛《つら》いときがある。だから、今もその問いを口にするのは止めた。サー・フランシスに会えるときと同じで、いつかは答えを知る日も来るだろう。

「問題があるとしたらその辺りじゃなくて、途中だろうな」

「途中？」

「ビスケー湾だよ」

つまり、広大なフランスの領土――その西端にある長い海岸線に面した湾のことだ。

「何回か通ったけど、別に難所のようなものはなかったじゃないか」

ナイジェルの言葉に、ジェフリーは肩を竦める。

「そいつはおまえの運が良かったからだよ。ビスケー湾は荒れているのが普通なんだ。これからはもっと荒れるぞ。しかも夏の終わり頃になると、新大陸の方から大波が押し寄せてくる。ときにはメンマストを遥かに越えるほどの大波だ」

ナイジェルはぞっとした。

「そんな波を被《かぶ》ったら、一発で沈没してしまうじゃないか」

「まあな。だから、出航が遅すぎるかも、って言ってるんだよ。これからアゾレスへ行って、まあまあの成果を上げて帰ってくる頃には、たぶん夏が終わってるだろうからな」

ナイジェルはこんな危険なことを平然と告げるジェフリーが信じられなかった。

「何か……何か対策はあるんだろう？　ちゃんとワッツ船長が考えて……」

「ないね。運を天に任せてというやつさ」

「神様……！」

思わず口走ったナイジェルに、ジェフリーは苦笑する。

「やっこさんを信じてるなら、今からたっぷり祈っていた方がいいぜ。無事にプリマスに戻れますように、ってな」

ナイジェルは唖然《あぜん》とした。何という不敬！

「やっこさんとか言うな！　罰が当たるぞ」

「本当に慈悲深いヤツだったら、呼び方が気にくわない程度のことでいちいちムカッ腹を立てたりするもんか」

「ジェフリー！」

髪だけでなく、天使もかくやという美しい顔立ちをした親友は反省した様子もなく、ナイジェルを見返している。

「いざ大波が来たら、神に祈ったところでどうにもならない。そいつを切り抜けるのは人間の力だ。兄弟みんなで立ち向かうのさ」

それまでのふざけた様子を鮮やかに脱ぎ捨てて、ジェフリーは言った。

「俺達は生きるも死ぬも一緒だ。どんな困難でも二人で立ち向かえば怖くない。だから、絶対に俺の側から離れるな」

ブルーの瞳に射止められて、ナイジェルはただ頷くことしかできなかった。

「よし」

ジェフリーはにこりと笑い、それからまた半ば呆然《ぼうぜん》としているナイジェルの頬にキスをした。

「素直で従順。俺の可愛子ちゃんが戻ってきたぞ」

「止めろ！　誰がカワイコちゃんだ！」

見直した途端これだ。とてもつき合ってはいられない。ナイジェルはジェフリーの手から擦《す》り抜けると、ワッツ船長の定宿『金羊亭《きんようてい》』に向かってスタスタと歩き出した。

「おい、待てよ」

機嫌良く笑いながら、ジェフリーがついてくる。何事にも例外はあると、古人は言った。確かにそうだ。ナイジェルはこの上ない顰めっ面を見せたというのに、ジェフリーは幸せそうにしているのだから。

2

出航前の心配が嘘のように『キャサリン号』の『仕事』は上手《うま》くいった。

むしろ、上出来すぎるほどだ。

エリザベス女王が発行している『私掠《しりやく》許可証』には、イングランドに敵対行為を行っている国家の船に限って攻撃と略奪を認めるという内容が、実に婉曲《えんきよく》な表現で書いてある。

つまり、港に到着したばかりのイングランド船から積み荷を没収し、その乗組員を異端の徒として火炙《ひあぶ》りにしたスペインは、まぎれもない攻撃対象というわけだ。

しかも、その国王フェリペ二世は、たまたま隣国ポルトガルの王も兼ねている。

というわけで、勤勉なるワッツ船長は朝から晩までカナリア及びアゾレス諸島海域を航行し、網にかかったというよりは自ら網に飛び込んできたような敵の商船を、次から次へと獲物にしていった。

「ピラータ！」

鳥のように船から船に飛び移り、ひらりと甲板に降り立つキャサリン号の面々を、スペインの船乗りは恐怖と憎しみを込めてそう呼んだ。

ピラータ――すなわち『海賊』。

それがナイジェルが覚えた初めてのスペイン語だった。

「火薬が足りねえぞ！」

「こっちにも持ってこい！」

「グズグズするな！」

血気に逸《はや》るジェフリーとナイジェルにとっては余計なお世話だったが、腕利きの大工であり上級水夫だったミニアことヤン・グリフュスを失い、ジェフリーに重傷を負わせた『デ・ギースト号』の襲撃に失敗して以来、ワッツ船長は『危険すぎる』という理由で、敵船に乗り込んでの戦闘行為から少年水夫を閉め出してしまった。そして、その代わりに与えられたのが砲撃時の火薬運搬という任務だ。

「こっちが先だろ、坊主！」

「アイ！」

重い荷物を両手に抱えて、ごったがえしている甲板を走り回るのもきつかったが、何よりもナイジェルの神経をすり減らすのは火薬庫に足を踏み入れるときだった。

ちょっと火花が散っただけでも引火し、船を木っ端《こっぱ》微塵《みじん》にしてしまう可能性があるため、床にはたっぷりと水がまかれていたし、庫内を歩き回るときはフェルトで作られた特別な靴を履くというように安全対策は取られている。

　しかし、例の『何事にも例外はある』という古人の言葉を忘れることができないナイジェルは、専用の桶に火薬を移しながら、これがその例外的な瞬間ではないようにと祈らずにはいられなかった。先を急ぐジェフリーがざくざくと、まるで砂でもあるかのように無造作にスコップで火薬を掬《すく》っているのを見ると、思わず心臓が止まってしまいそうになるほどだ。

「もう少し静かにできない？」

　ナイジェルの注意、いや、嘆願を耳にしたジェフリーは、ふん、と鼻を鳴らした。

「おっとりやってたら、日が暮れちまうだろ」

「でも、火花が……」

「そのときは真っ先にバラバラになるのは俺達だから、ドジを踏んだことを呪ったり、罵ったりする仲間の声は聞かずに済むさ」

　使っていたスコップを最後にざくっ、と火薬粉の袋に勢い良く突き刺して、ジェフリーは踵《きびす》を返した。

「遅れるなよ。火薬で吹っ飛ばされるのもごめんだが、兄弟から役立たずの烙印《らくいん》を捺《お》されて、気晴らしに小突き回される毎日ってのも地獄だぜ」

　彼はそう言い残すなり、ガンデッキに駆け上がっていく。

「判ってるよ、そんなこと……！」

ナイジェルは心持ちスコップを動かすスピードを上げながら、ぼそりと呟く。

そう、今度もジェフリーは正しい。キャサリン号に乗り込んだ当初、船酔いで何もできなかったナイジェルは、仲間から邪魔者扱いされ、辛い思いをした。

(二度とあんな目に遭うのはごめんだ)

ならば、ジェフリーが言うように作業の速度を上げるしかないことは、ナイジェルも承知していた。船の上というのは、子供であっても振り分けられた仕事をきちんとこなしていれば一人前と認めてもらえる。だが、自らの責任を果たすことができなかった場合、子供だからという理由で大目に見てもらえるほど生易しいところでもなかった。居場所は自分の力で獲得するしかないのだ。

狼の群れと同じで、私掠船乗りは仲間同士が一丸となって獲物に襲いかかる。大事な命を賭《か》けた戦いで、皆の足並みを乱すような者が邪魔者扱いされたり、排除されるのは当然のことだった。

「撃ち方止めぇ！」

ナイジェルが息を乱しながらガンデッキに駆け戻ってきたのと、砲手長のダミ声と共に耳を聾《ろう》する砲弾を射出する音が途切れたのは、ほぼ同時だった。

「俺達も行くぞ！」

「おおっ！」

先に敵船に乗り移った仲間を援護するために、煤《すす》で顔を真っ黒にした砲手も我先に上の甲板へ向かう。

後に残されたのは、当然のことながらジェフリーとナイジェルだけだった。

「やれやれ、今日の奴らはしぶとかったな」

立ち竦んでいるナイジェルの手から火薬桶を取り上げ、床に置いたジェフリーが言う。

「撃ちすぎで敵の船自体が沈んじまうんじゃないかって思ったよ」

ふと興味を惹《ひ》かれて、ナイジェルは聞いた。

「沈めたこと、あるのか？」

「幸い、うちではないよ。でも、しょっちゅう起こることなんだ。砲手の腕が悪かったり、たまたま当たり所が悪かったりしてな」

「そうなったら、火薬も砲弾も無駄になるだけだ。悔やんでも悔やみきれないだろうね」

「ああ。俺が船長だったら、全員食事抜きにしてやるよ」

案外軽い罰だな、とナイジェルは思ったが、あえて口にはしなかった。育ち盛りのジェフリーにとっては、それ以上に辛い罰はないのかもしれないのだから。

「使わなかった火薬を戻してくる」

再び桶を持ち上げようとしたナイジェルの手を、ジェフリーが押さえる。

「ずっと駆けっぱなしだったんだ。少し休めよ」

「でも、このままじゃ湿気てしまうかもしれないし……」

ジェフリーが苦笑する。

「ほんと、おまえは真面目だな」

ナイジェルも唇を緩めた。

「それぐらいしか取り柄がないからね」

「よし、じゃあ、戻しにいくのをつき合ってやるよ。それからオレンジの一つも失敬して、そいつを食べながら皆が戻ってくるのをのんびり待つとしようぜ」

ナイジェルは目を見開いた。

「オレンジ？　果物の？」

「アイ」

「初めて見るよ。名前だけは知っていたんだけど」

「じゃ、食べるのも初めてだな」

「うん。どんな味？」

「甘くて、酸っぱい。爽《さわ》やかな匂《にお》いがする」

「美味《おい》しそうだね」

「アイ、アイ。スペインと喧嘩《けんか》をおっぱじめるまでは、イングランドにも輸出されていたらしい。つまり、俺達の物心がつく前の話だから見たことがないのが当たり前ってことだな。俺も食べたのはキャサリン号に乗り込んでからだった。スペイン船のギャレーにあったんだ」

「へえ」

ナイジェルは頷きながら、先程から気になっていることを聞いた。

「ところで、そのオレンジをどこから失敬してくるって？」

ジェフリーの瞳に悪戯《いたずら》っぽい光が躍った。

「貴重品の置き場といえば？」

「船長室」

「それが答えさ」

「配給された食べ物以外に手をつけるのは重罪じゃないのか？」

「だったら、船長は目をつぶってくれるよ。自分だって配給以外の食べ物に手をつけているんだからな。前にも一度、試したことがある。さあ、さっさと火薬を片付けるぞ」

船乗りは規律に従って生きる。もちろん決まりを破るのはいけないことだし、その後に罰が待っているのは判っている。充分判ってはいるが、ナイジェルもオレンジは食べてみたかった。だから、今回だけはジェフリーの口車に乗ってしまうことにする。少年水夫で良かったと思うことの一つを、ナイジェルも味わうというわけだ。禁断の果実を口にしたことがリッツ船長にバレたとしても、鞭で打たれることはない。せいぜい大目玉を喰らうぐらいだろう。

3

結局、こっそりオレンジを味わった日に略奪したスペイン船が、今航海最後の獲物になった。そして、しこたま稼いでご満悦のワッツ船長が、つまみ食いをした少年達に雷を落とすこともなかった。

しかし、ホッとしたのも束の間、意気揚々と祖国への帰途に就いた『キャサリン号』は、ビスケー湾の真ん中あたりで猛烈な嵐に見舞われた。その上、本物の雷を浴びたフォアマストが使いものにならなくなってしまったのだ。

大きく裂けただけではなく、黒く焼け焦げた帆柱の残骸《ざんがい》を見つめていたナイジェルは、背筋に冷たいものが走るのを覚えた。横殴りの雨に打たれているからではない。迫り来る危機感がもたらす恐怖だ。

（ジェフリーが言った通りになった……）

帰途に着く頃は夏も終わっている。

その時分になるとビスケー湾は酷《ひど》く荒れてくる。

そして、ときにはメンマストを越えるような大波が襲いかかってくる。

今のところ、当たっていないのは最後の一つだけだ。しかし、先程から海の様子を観察していると、大波が来るかもしれないという危惧《きぐ》も現実のものになってしまいそうだった。

「散らばった木片を片付けろ！　ジェフリーもだ！」

手下を叱咤《しった》激励して、ヤードごと甲板に墜落したセールを片付けた水夫長が、海を眺めていたナイジェルの肩を掴《つか》み、しゃがれ声で怒鳴った。焼け焦げは帆にも及んでいたから、回収できたとしても修繕に時間がかかる。それが水夫長の苛立《いらだ》ちを煽《あお》っていたのだろう。

「アイ！」

耳がじんじんしたが、水夫長の目前で押さえでもしたら、さらに大声で怒鳴られる可能性もある。だから、ナイジェルはここにはいないジェフリーを探すため、その場から走り出した。

「まだ使える索類は捨てるなよ」

「酷く揺れるな……くそっ」

「帆職人ご自慢のシー・アンカーはどうした？　そいつを海に投げ込みさえすりゃ、船は安定するんじゃねえのか？」

「そんな魔法みてえな道具はねえんだよ。単なる気休めだ」

長時間、風雨に曝《さら》されながら働いている水夫達は、かなり苛立っているようだった。傍らを走り抜けるナイジェルにも、冷ややかな視線を向けてくる。

（どこだよ、ジェフリー？　どこにいる？）

先程よりも強くなった寒気に戦《おのの》きながら、ナイジェルはいつものように短剣に触れた。早く、一刻も早くジェフリーを見つけなければ。彼が姿を見せれば、刺々しくなった甲板の雰囲気も和らぐはずだ。そう、ジェフリーと一緒にいれば、今のようにナイジェルが冷たい眼で見られることもなくなるに違いない。

「うわ……っ」

そのとき、海水がザーッと舷側《げんそく》から流れ込んできた。足を取られて転んだナイジェルは大量の水に押されるまま、反対舷まで転がっていってしまう。

「ふ……」

行き着いた先がたまたまシュラウドの近くだったのは幸運だった。必死に手を伸ばし、ロープを摑んだナイジェルは、止めていた息を吐き出す。場所が悪ければ、海に転落していたかもしれない。ジェフリーと練習した甲斐《かい》あって泳げるようになったとはいえ、嵐の海に放り出されたらひとたまりもないだろう。

「ジェフリー！」

波はますます高くなっている。舷側を越えてくるものも増えてきた。危機を乗り越えたばかりのナイジェルは、安全なロープから手を離してそのただ中に向かう気になれず、親友の名を叫んだ。聞きつけたジェフリーが、進んでやってきてくれるように。

「ジェフリー！　どこに……」

再び声を張り上げたナイジェルは、ふと眺めやった海上に自分とほぼ同じ背格好の少年が浮かんでいるのに気づき、恐怖のあまり声を失った。

（姿が見えなかったのは、海に投げ出されていたからなのか）

ナイジェルは危険も忘れて、舷側から身を乗り出した。本当にジェフリーなのか、顔を確かめるために。だが、ジェフリーではなかったとしたら、一体あれは誰なのだろう。近くで別の船が沈没でもしたのだろうか。だとしても、体力のない子供があんな風に浮かび続けることなどできないはずだ。

「あ……」

そのとき、ナイジェルの瞳がさらに信じられないような光景を捉《とら》えた。視線に気づいたらしい少年が、鮮やかな抜き手を切ってキャサリン号へ泳いできたのだ。

（まさか……）

少年が近づくにつれ、その面立ちもはっきり見えてくる。

（そんな……ありえない！）

　ふいに足の力が抜けてしまい、ナイジェルは甲板にしゃがみ込んだ。落水しかけた恐怖で頭が混乱しているのだろうか。それとも、ただの見間違えなのか。こちらに泳いでくる少年は、ナイジェルの目を傷つけた異母弟トマス・グラハムにそっくりの、いや、トマスそのものの顔を持っていた。

「違う……こ、こんなところにいるはずがないんだ……」

瘧《おこり》にかかったように大きく震えながら、ナイジェルは呟いた。いるはずがないということは判る。だが、いるはずのない人物が見えるというのは、どういうことなのだろう。もしかしたら頭が混乱しているだけではなく、恐怖のあまり狂ってしまったのだろうか。

「どうした、ナイジェル？　怪我《けが》でもしたのか？」

途方に暮れていたナイジェルに、探し求めていた人の声がかかった。

「ジェ……ジェフリー！」

傍らに膝《ひざ》をついた少年に、ナイジェルはしがみつく。怖くてたまらなかった。正気を失っているのかもしれないということも、こちらに近づいてくるあの少年も。

「大丈夫か？　何があった？」

ジェフリーの手が頬を挟み、顔を上げさせる。心配そうなブルーの瞳をしかと捉えて、ナイジェルは訴えた。

「か、海上に誰かいる」

「誰か？」

「弟……トーマスと同じ顔をしているんだ」

ジェフリーはナイジェルに回した手で、宥《なだ》めるように背中を叩《たた》いた。

「しっかりしろ。そんな馬鹿なことがあるわけないだろ」

「でも、いるんだ！」

ジェフリーが信じてくれないのも無理はない。ナイジェルだって馬鹿げた話だということは百も承知だ。

「こっちに泳いでくるんだよ……こんな荒れた海なのに」

「ナイジェル……」

どうやら、ジェフリーも正気を疑い始めたらしい。困惑だけではなく、哀しげな色がその瞳を過《よ》ぎった。

「ただの幻だ。もう一度、確かめてみろよ。何も見えなくなっているから」

ナイジェルはぎゅっとジェフリーにしがみついたまま、目を閉じた。そう、たぶん、そうするのが一番なのだろう。勇気を掻《か》き集めて、もう一度立ち上がるのだ。そして、海上を見渡してみる。ジェフリーの言うとおり、あれが一時の気の迷いが見せた幻なら、もう消え去っているはずだった。

「わ……判った」

なかなか足に力が入らないナイジェルを、ジェフリーが助け起こしてくれる。そして、いつものように肩を抱かれたまま、ナイジェルは再び海に目をやった。

「何だよ？」

ぎくっと身を強張らせたナイジェルに気づいて、ジェフリーも海面を見渡した。

「何も見えないじゃないか」

彼には見えないのだ。ナイジェルは絶望を嚙《か》み締めながら思った。『あれ』が見えるのは、自分だけなのだ。

「嫌だ……っ」

少年はぷかりと頭だけを波の上に出して、こちらをじっと眺めている。そして、ナイジェルに気づくと、にたり、と笑った。

「わあああっ」

頭を抱えて叫ぶナイジェルを、ジェフリーが必死に宥めようとする。

「落ち着け！　気を静めるんだ！」

ナイジェルは激しく首を振った。できない。冷静になることなんて、到底できない。

「どうして見えないんだ？　あそこにいるのに！」

騒ぎを聞きつけた仲間がこちらを注視していることに気づいたが、ナイジェルは口を噤《つぐ》むこともできなくなっていた。何か喋《しゃべ》っていないと、恐怖に膨《ふく》らんだ胸が弾け飛んでしまいそうだったのだ。

「しーっ……静かに」

ジェフリーが耳元で赤子をあやすように囁《ささや》く。

「頼むから、もう何も言うな……さすがにこれ以上はヤバい」

何がヤバいのかと思った瞬間、つかつかと歩み寄ってきた水夫——ろくに話したことはなかったが、ロブという愛称で呼ばれている男だ——がナイジェルの肩を摑んで、強引にジェフリーから引き剝《は》がした。

「止めろ、ロブ！」

いつの間にか、別の水夫トニーに羽交い締めされていたジェフリーが、かつてないほど焦った声を上げる。

「幻を見ただけだ！　嵐が怖くて錯乱してるんだよ！」

ロブは首を振った。

「そうじゃねえってことは、おまえも知ってるはずさ」

それから彼はナイジェルを振り返った。

「ブッカブーだよ」

ナイジェルは聞き慣れないその言葉を、たどたどしく繰り返した。

「ブッカブー？」

「おまえが見た妖精のことさ。海に棲《す》んでいるゴブリンだ」

水夫が迷信深いことは知っている。心密かにそれを馬鹿にしてきたナイジェルも、今となっては考えを改めるしかないようだ。海のゴブリンは幻ではないし、迷信でもない。ロブは存在を信じているし、ナイジェルは実際にその姿を見ているのだから。

「彼はなぜ……なぜ、あそこにいるの？　目的はなに？」

ナイジェルの問いを耳にした途端、ロブは激高した。

「なぜ、いるのか、だと？　貴様が呼び寄せたんだろうが！」

「俺が？」

「とぼけるな！　悪魔の子め！」

その呪わしい言葉は、掌のようにナイジェルを打ち据《す》えた。同じ船に乗る仲間からぶつけられた思わぬ蔑《さげす》みに、防御を忘れていた胸がズタズタに引き裂かれる。

「黙れ、ロブ！　それ以上、ナイジェルを侮辱《ぶじょく》してみろ。舌を引っこ抜いてやる！」

言葉もなく立ち竦むナイジェルの代わりに、ジェフリーが怒りの声を上げた。

「本当のことだろうが！」

ロブはさらに声を荒らげる。

「ブッカブーは妖精なんて可愛らしいもんじゃねえ！　妖怪だ。つまり、地獄にいる悪魔と同じ類《たぐい》ってことよ！　だから、この船に乗っているお仲間を見つりて、つい懐かしくなったんだろうさ！」

ナイジェルは首を振った。

「違う……仲間なんかじゃない……俺は……っ」

「私生児だろ。売女《ばいた》の母親が、立派な奥様のいるグラハムの旦那を誘惑して作った不義の子だ。生まれながらにして、魂が罪にまみれているんだよ」

誹謗《ひぼう》中傷されるのが自分だけなら、我慢することもできただろう。だが、エセルを悪く言われることだけは耐えられなかった。

「母さんは売女じゃない！」

摑みかかってくるナイジェルをあっさりねじ伏せたロブは、近くにいた仲間に声をかけた。確か、こちらはモンティという名だ。

「ロープを持ってこい。浮いてこられないよう、手足を縛る」

「嫌だ！　俺に触るな！」

モンティは必死に抵抗しているナイジェルに、心の底まで凍てつくような視線を向けながら言った。

「だったら、念には念を入れて、錘《おもり》と一緒に海の底まで沈めちまえ」

ロブが笑った。興奮のために上擦った声で。

「そうだ！　生まれにふさわしい場所に叩き返してやろうぜ」

ナイジェルは苦労して周囲を見渡した。集まっている水夫は多くない。だが、その全員がナイジェルを悪魔の子と思い、嵐という災いを呼び寄せたと信じているのだろう。そして、船を転覆させてしまいそうな嵐から逃れるために、元凶であるナイジェルをキャサリン号から放り出すことでも意見は一致しているようだ。

「悪魔はどっちだ！　この野郎ッ！」

皆がナイジェルに気を取られている隙《すき》を突いて、ジェフリーが自分を羽交い締めにしているトニーの臑《すね》を蹴《け》り飛ばし、自由を取り戻した。そして、一瞬も躊躇うことなく、ロブに殴りかかる。だが、彼は目的を果たすことはできなかった。再び大波が舷側を越えて、流れ込んできたからだ。

「畜生……っ！」

摑まるものを持たないジェフリーは、先程のナイジェルのように甲板を押し流され、反対側の舷側に背中から叩きつけられた。

「ごほっ！　ごほっ！」

ナイジェルにのしかかっていたロブも、少し離れたところで苦しげに咳《せ》き込んでいる。

逃げるなら今————今しかなかった。

（動け！　動けよ！）

震える足を叱咤して、ナイジェルは立ち上がる。だが、歩き出そうとした瞬間、甲板に転がっていたモンティに足首を摑まれてしまう。

「逃がすかよ……」

「放せ！」

ナイジェルは必死に身もがき、モンティの縛めから逃れようとした。だが、足首を摑む手は少しも緩まず、万力のように締め上げ続ける。

「ブッカブーは分け前を欲しがってるんだ……この船はもうけすぎたからな……猟師なら魚を一匹、私掠船乗りは金貨を一枚……だが、こちとらあいにく金貨の持ち合わせがねえ。だから、お仲間を投げ込むのさ」

モンティはどこかから持ってきたロープを、ナイジェルの足に巻きつけながら、言葉を継いだ。

「貴様も一応は人間だから、魂ってもんがあるだろう。普通はいくら大金を積んでも買えないものが手に入るんだ。魔物も満足して、波を鎮めてくれるさ」

「俺は仲間なんかじゃない！　何度言えば判るんだよ……っ！」

ナイジェルは摑まれていない方の踵《かかと》で、モンティの手ごと自分の足を蹴りつけた。少しも自分の話に耳を傾けてくれない仲間が憎らしくて、何より怖い。こんなところで殺されるなんて嫌だ。

（悪いことはしていないのに……）

いや、悪いも何も、ナイジェルはまだ何も成していない。全てはこれからだった。ジェフリーと共に船乗りとして、そして人間として成長していくのだ。学ばなければならないことは山ほどあった。やってみたいことも数え切れない。だから、死にたくなかった。もっと、もっと、許される限り長く、ジェフリーと生きていきたい。

「ああっ！」

怪力のモンティはついに自由だった方の足も捉えると、普段から扱い慣れているロープで素早く縛り上げてしまった。そのまま突き飛ばされたナイジェルは、先程同様、甲板に倒れ込むしかない。

（もう……だめか……）

手首も縛られてしまったら、もう抵抗することは難しかった。あとはロブ達に抱え上げられ、海に放り込まれる瞬間を待つことしかできなくなる。

（ジェフリー……どこにいるんだよ？）

強《した》かに背中をぶつけた彼は、まだ身動きすることもできないようだった。このままでは二度とジェフリーの温かい身体に触れることは叶わないだろう。ならば、せめて気配だけでも感じたかった。だが、彼にもらった短剣に伸ばしたナイジェルの手は、あと少しのところで残酷なモンティに遮られてしまう。

「おっと、危ねえ。こいつは預かって……いや、俺がもらっておくぜ。どうせ古巣への道行きにゃ、必要のねえもんだからな」

勝手な言い草に、ナイジェルの胸は燃え盛った。これほど純粋な怒りを感じたのは生まれて初めてのことだ。

「泥棒……！」

最後の力を振り絞って、ナイジェルは叫ぶ。

「もともとはジェフリーのものだ！　彼に返せ！」

「うるせえな！」

モンティは喚《わめ》くなり、ナイジェルの腹部に足の爪先をめり込ませた。

「ぐう……っ」

激しい苦痛にナイジェルは息をつまらせ、止めどない涙を流した。怖い。苦しい。悔しい。辛い。さまざまな想いが胸の中で入り乱れる。

(絶対に離れるなって言ったのは、あんたなのに……)

ナイジェルは目を瞑《つむ》り、大好きな友の笑顔を思い浮かべた。

(ずっと一緒にいてくれるんじゃなかったのか？　俺一人じゃ、勝てないよ)

勝てないから、惨《みじ》めに死んでいくより他はないのだろう。戻ってきたロブとモンティにそれぞれ腕と足を摑まれたナイジェルは、身体がふわっと浮くのを感じた。これで一巻の終わり。なんて、あっけないのだろう。だが、

「何をしている！」

ナイジェルが諦《あきら》めかけたそのとき、いずこともなく現れたワッツ船長の怒声が響き渡った。

「あの大波が見えねえのか！」

自由を奪われたナイジェル以外、その場にいた男達の全てが、船長の指が差す方向に顔を向けた。そして、次の瞬間、絶望の呻《うめ》きを上げる。

「畜生……」

「あんな横波をまともにくらったら……」

「おしまいに決まってる」

呆然としている手下に、ワッツ船長はさらに厳しい声をかけた。

「つまらねえ遊びはそこまでだ！　てめえら、甲板から綺麗さっぱり洗い流されたくなかったら、ガキから手を離して近くの索に掴まれ。ロープを持ってる奴は身体をマストに縛りつけろ。一瞬たりと気も、力も抜くんじゃねえぞ！」

間近に迫る危機に竦み上がった男達は、もはやワッツ船長の言いなりだった。

「アイ……！」

「判りました、キャプテン！」

ロブ達はナイジェルの身体を甲板に放り出すと、うっかり蜘蛛《くも》の巣に引っかかってしまった昆虫のように、シュラウドにしがみついた。

「ナイジェル……！」

再び身体を動かせるようになったジェフリーが、ナイジェルの身体の隣に落ちていた短剣、盗人の手から逃れた宝物を拾い上げ、手足を縛り上げていたロープを切断してくれる。

「すぐに駆けつけられんですまなかったな」

あとからやってきたワッツ船長が大きな両手で、二人の背中を叩いた。

「さあ、わしらも避難するぞ！　メンマストまで走れ！」

「うん！」

ジェフリーはナイジェルを抱き起こすと、しっかと視線を合わせる。

「ワッツ爺さんだけじゃない。俺も遅くなって悪かった」

ナイジェルは鼻の奥がつんと痛くなるのを感じた。だが、この場に相応《ふさわ》しいのは涙ではない。

苦境をものともしていないような笑顔だ。

「間に合ったから、許してやる。それと爺さんじゃない。ワッツ船長だ。危急のときこそ、礼儀を忘れるな」

蒼い瞳が明るく輝いた。

「それでこそ、俺のナイジェルだ」

「いいから、歩け」

「アイ」

ナイジェルの腰に回した手にぐっと力を込めて、ジェフリーは言った。

「今度こそ、離れるなよ」

ナイジェルはジェフリーの手に自分の手を重ね、答えた。

「そっちこそ」

指先から体温が伝わる。心細さが淡雪のようにすうっと消えていく。

（もう一人じゃない）

そう思うと、自然に微笑が浮かんできた。そんな場合ではないことは判っているのに。だが、不安はなかった。隣にはジェフリーがいる。そう、ナイジェルはこれからも彼と共に生きていくのだ。

「おっと、忘れ物だ」

ナイジェルを引き連れて歩き出したジェフリーが、ホーズの隠しから取りだしたものを海に向かって放る。あまりにも素早い投擲《とうてき》だったので、それが何だったのかは判らなかった。

「ブッカブーとやらは分け前をもらえば引き取ってくれるんだろ？」

「何を投げたんだ？」

ナイジェルの問いを眩《まぶ》しい笑顔が迎える。

「分け前ってことは、スペイン野郎から奪ったものなら何でもいいってことだ。だから、オレンジをくれてやったのさ」

ナイジェルは隻眼を見開いた。

「ふ、普通は金貨なんだろう？　果物なんかで満足してくれるのか？」

ジェフリーは肩を竦めた。

「さあな。案外、変わった趣向だって喜んでくれるかもしれないぜ。ブッカブーだって、魚ばっかり食べてちゃ飽きるだろうし」

そんな場合ではないということは重々承知している。だが、ナイジェルは思わず声を上げて笑ってしまった。

（さすがは俺のジェフリー）

頭の固い自分には到底思いつかないことだ、とナイジェルは感心する。本当にジェフリーと一緒にいる限り、退屈とは無縁でいられるに違いない。

今までも――そして、これからもずっと。

4

マストに身体を縛りつけ、海水に洗われるままになったナイジェル達だが、ブッカブーに捧げたオレンジが効果を上げたものか、幸い船が転覆することもなく、何とか危機をやりすごすことができた。

「結局、メンマストを越えるような大波は来なかったんだな。確かに俺を救ってくれた波も小さくはなかったけど」

ナイジェルの言葉に、ジェフリーは頷いた。甲板にできた隙間に『槙皮《まいはだ》』と呼ばれる木皮を詰め、ハンマーで叩き均《な》すコーキングという作業をリズミカルに続けながら。まったく、同じ仕事を言いつけられているナイジェルが、つい羨ましくなるような見事な手際だ。

「ワッツ爺……判ってるよ……船長も手っ取り早くロブ達からおまえを引き離そうとして、大げさに言ったらしいしな」

そのとっさの機転がなかったら、ナイジェルは今頃ここにいなかったのかもしれなかった。

ワッツ船長に逆らうつもりなど毛頭ないが、あの件以来、本当に頭が上がらない。一生、恩は忘れないし、彼のためなら何でもする。ナイジェルはそう決意していた。

「プリマスには、どれぐらいで着くのかな?」

槙皮を摑み取りながら、ナイジェルは聞いた。

「フォアマストがいかれてるからな。あと三日ぐらいかかるんじゃないかって、じい……いや、船長が言ってた」

言い直した拍子に、ハンマーのリズムも乱れる。ジェフリーはちっと舌打ちをした。

「くそっ! いちいち言葉を選ばなきゃならないなんて、面倒すぎる!」

ナイジェルはしれっとしたまま、言った。

「言い間違えなければいいだろう。船長。どうして、この簡単な単語が出てこない?」

ジェフリーは溜め息をつく。

「また俺の可愛いナイジェルがいなくなっちまった……」

「大きな誤解があるようだけど、もともと俺は可愛げなんてないんだよ。人見知りだし、頑固だし、融通が利かないし……」

「ああ、そうだな。もちろん、判ってるよ。判ってて、そっちのおまえも好きなんだけどな」

今度はナイジェルがリズムを外す番だった。いや、ジェフリーに比べて経験でも器用さでも劣るナイジェルは、うっかり甲板についていた自分の指にハンマーを打ち下ろしてしまう。

「……!」

声なき悲鳴を上げたナイジェルの手を取ったジェフリーが、不慮の事故に見舞われた人差し指を口に含んだ。

「いた……痛い……なにしてるんだよ?」

最初の衝撃から立ち直ったナイジェルが聞くと、ジェフリーはいけしゃあしゃあと言った。

「痛くなくなるおまじない」

「で、でも、普通は軽くキスするぐらいじゃないのか?」

「俺の愛情を上乗せしているんだ」

「もういい……いいから指先をぺろぺろ舐《な》めるのは止せ!　しゃぶるな!」

ひとしきり騒いでいる少年達を、通りすがりの水夫達が眺めている。面白そうに笑っている者。仕方ない奴らだと苦笑している者。もちろん、ただ二人の上を撫《な》でるだけの無関心な視線もあった。そして、拭《ぬぐ》いがたい嫌悪に満ちたものも。

「ロブ達のことだけどな」

ようやくナイジェルの人差し指を解放して、ジェフリーは言った。

「今度の航海を最後に『キャサリン号』を降りるってさ」

「そうか……」

しばらくハンマーを動かしてから、どうしても我慢できずにナイジェルは聞いた。

「俺がいるから……だろう?」

「アイ」

ジェフリーは下手なごまかしなどしなかった。それがナイジェルの望みだということを知っているのだ。

「嵐を呼び寄せるような魔物がいる船には乗れない、って言ったそうだ。ワッツ船長も説得したらしいが、ちっとも聞き入れようとしないから、じゃあお好きにどうぞ、ってことになったらしい」

「へえ……」

聞いてくれないのはナイジェルの話だけではなかったのだ。そう思うと少し心が軽くなる。

確かに船長にでさえ楯突《たてつ》く人間が、少年水夫の言い分などを聞き入れるはずがない。

「次の船でも、ブッカブーを見た人を海に放り込もうとするのかな?」

思わず口を突いた問いに、ジェフリーは肩を竦めた。

「さあな。でも、ああいう嵐に遭遇したとき、不安や不満を解消するために誰か……たぶん、その船で一番弱い立場の人間を『子羊』に見立てて、犠牲にしようとする奴らはロブ達だけじゃない」

強張ったナイジェルの顔を見て、ジェフリーは頷いた。

「そう、理由は何でもいいんだ。ブッカブーを見ていない人間だったとしても。もちろん、見ていたら容赦なく殺される。だから……」

甲板にハンマーを置いて、ジェフリーは差し伸べた手をナイジェルの頬に添えた。

「この先、あの妖精のことは口にしないでくれ。おまえが酷い目に遭ったり、傷つけられるのは、俺が耐えられない」

ロブ達のような男を呼び寄せないよう、必死に自分を宥めてくれていたジェフリーのことを思い出して、ナイジェルは頷いた。

「二度と言わない」

だが、どうしても気がかりなことがあった。

「どうして、あいつは俺にしか見えないんだろう？」

ジェフリーは頬を撫でて、優しく微笑《ほほえ》んだ。

「判らない……が、俺と同じで綺麗なものが好きなんじゃないか」

ナイジェルは鬱陶しげに親友の手を払い、溜め息をついた。

「俺よりずっと綺麗なおまえに言われると、嘘臭く聞こえる」

ジェフリーは心外だというように目を見開いた。

「それこそ嘘だろう？　おまえの方が美人……じゃなくって美男だよ」

「なあ、虚しくならないか？」

「何が？」

「交互に相手のことを褒め合うことがだよ」

「だったら、俺のことは褒めてくれなくてもいい。でも、おまえを賞賛するのは止められない」

ナイジェルは先程よりも大きな溜め息をついた。できれば、いつもの冗談だと思いたい。だが、本気で言っているのだから恐れ入る。

「……物好きだな」

それが今のナイジェルに言える精一杯だった。

「ところで、プリマスに戻ったら、まず何をしたい?」

再びハンマーを取り上げながら、ジェフリーが聞いた。

「真水で服を洗って、完璧《かんぺき》に乾いたシーツの上で寝たい」

「悪くないな。特に後半は」

ナイジェルは内心、首を振った。二人で眠ればすぐに汗ばんで、完璧に乾いているシーツもアッという間に湿ってしまうだろう。だが、それを指摘することはできなかった。そんな真似をすれば、また捨てられた子犬のような瞳に直面することになる。だから、

「だろう?」

ナイジェルはそう言うに留めた。そして、抑えきれない苦笑を洩《も》らす。ジェフリーは自分を大事にしてくれる。だが、自分だって彼には甘すぎるほど甘いのではないだろうか。

(しょうがない)

埠頭で声をかけられたその日から、ナイジェルにとってジェフリーはかけがえのない人間になった。彼だけには滅多に開こうとしない心を開き、そこに棲まうことを許してしまったのだ。そして、もう追い出すことはできない。もちろん、追い出そうとも思わない。

ブッカブーが特定の人物の前だけに姿を現し、分け前を要求するように、ナイジェルの惜しみない好意はただ一人の親友にのみ向けられる。

(妖精と違うのは、見返りを求めないことぐらいだな)

ナイジェルはジェフリーが側にいてさえくれればいいのだ。他には何も望まない。

「ふふ……」

声を上げて笑った友を、鮮やかなブルーの瞳が不審そうに見つめた。

「今のなに？」

ナイジェルは首を振った。

「なんでもない」

もちろん、ジェフリーがこれ以上いい気になるようなことを口にするつもりはなかった。

そう、彼に甘くても仕方ない。それが惚《ほ》れた弱味というものだろう、なんてことは。

船出

1

夕陽を見るのが好きだ。遮《さえぎ》るものとてない海上では特に。

ナイジェルがそう告げると、ジェフリーはよく見なければ判らないほど僅《わず》かに首を傾《かし》げた。つき合っているうちに、それが『不賛成』、あるいは『疑問』を示す仕草だということは判っていたので、何故《なぜ》なのかを聞いてみた。

「ああ、また夜が来るのかと思うと憂鬱《ゆううつ》になるのさ」

陽の名残《なご》りを感じさせる赤い空を見やって、ジェフリーは言った。

「秋から冬にかけては最悪だ。今でも思い出すよ。見上げた天井から星空が見えるようなあばら屋じゃ、凍えずに明日の朝を迎えることができるかどうかも判らないからな」

自分との離婚を画策した国教徒の夫を火刑台へ送り込んだジェフリーの母は、エリザベス女王の即位後、カトリック狩りの標的となり、財産を略奪されただけではなく、寝たきりの身体になってしまった。まだ幼かった息子が懸命に面倒を見ていたが、当然のことながら限界があり、まもなく彼女は亡くなって、ジェフリー自身も餓死しかけたというのは、プリマスの人間であれば知らぬ者はいない話だ。遠縁のワッツ船長が見かねて引き取っていなければ、こうしてナイジェルの隣に立つこともなかったに違いない。普段の明るい彼を見ていると、そんな壮絶な時を過ごしてきたことを、つい忘れてしまいそうになるが。

「眠ったら最後、二度と目覚めない――母さんもそいつが心配で、眠る前にしつこいほど祈っていたな。『慈悲深き主よ、もし終油の秘蹟《ひせき》を受けられずに死ぬことがあっても、天国に迎えて下さいますように』って」

ジェフリーはそこで先程よりもはっきりと肩を上下に動かした。

「まったく、宗教狂いってのは始末に負えないよな。自分の亭主を殺したことを懺悔《ざんげ》する前に、カトリックの儀式を受けられるかどうかの方が心配なんだぜ。それも絶対に天国に行けること前提で」

何と答えたらいいものか迷った末、ナイジェルは口を開いた。

「息子の前では言わなかっただけで、心の中ではずっと後悔していたと思うけど……」

ジェフリーは夕暮れの空をあっさり凌駕《りょうが》するような美しい笑みを浮かべ、ナイジェルの肩を抱いた。

「ああ、そうかもしれないな」

普段、この豪奢《ごうしゃ》な金髪を持つ少年は、ワッツ船長の持ち船『キャサリン号』の仲間達にも笑顔を惜しまない。

けれど、今のように一片の影も感じさせない表情、素直な感情の発露を見せるのは自分の前だけだということを、ナイジェルは知っていた。ジェフリーは人懐こいし、弁古も爽《さわ》やかで、誰とでも楽しくやっていける人間だが、本当に彼の心の門を潜れる者は限られている。人間という生き物の汚いところ、恐ろしいところが骨身に沁《し》みているからこそ、用心深くもなるのだろう。

それでも彼が素晴らしいのは、端から他人を嫌悪したり、拒絶しようとしないところだ。状況次第で揺れ動き、時には大きく変質してしまう心というものの弱さを受け入れている。世間から私生児という生まれを論《あげつら》われた経験を持つナイジェルにとって、それは羨《うらや》ましいほどの強さだった。身体につけられたものと違って、心に刻まれた傷の痛みをやり過ごすのは容易《たやす》いことではない。ナイジェルがひどい人見知りなのも、苦い思いを怖れるがゆえのことだ。偏見に満ちた視線を遮断《しゃだん》するために纏《まと》った心の鎧《よろい》を、今も脱げないでいる。そう、ありのままの自分を受け入れてくれるジェフリーの前以外では。

育った環境も気質もまるで違っていたが、出会ったそのときから二人は馬が合ったし、好きだと思うものも似ていた。お互い、口にしたことはないが、こんな親友を得られたのは僥倖《ぎょうこう》だと感じている。自ら志したとはいえ、不便なことが多い船上暮らしを我慢するどころか、まずまず愉《たの》しめているのも、本音をぶつけられる相手がいてこそだ。口数の少ないナイジェルの方が、もっぱら聞き役に回っているきらいはあるが、まあ、それは構わない。本当に辛《つら》いとき、何も言わなくても、ジェフリーは気づいてくれる。ナイジェルが話す気になるまで、ずっと傍にいてくれる。そうした無言の優しさに、何より胸を打たれるのだ。仲間とふざけているときは年相応の無邪気さを見せるが、本当はナイジェルよりも遥《はる》かに成熟した精神の持ち主なのだろう。たぶん、気を許した者の前で子供っぽく振る舞ったり、臆面もなく甘えたりするのは、本当に子供でいられた時間がほとんどなかったからなのだ。そして、

「さて、と、当直前に爺《じい》さんの様子でも見てくるか」

昨今の事態は、ジェフリーにさらなる成長を求めていた。

彼を引き取った時点ですでに老境に達していたワッツ船長の体調が、ここ数日の間に急激に悪化しているのである。しかも医者のいない西インド諸島海域で。

事実上、それは打つ手なしを意味することは、キャサリン号の誰もが心得ていた。亡骸《なきがら》を故郷の墓場に収め、最後の審判の日を待つことが往々にして難しいというのは、遠洋まで旅する船乗りの宿命だった。

「あまり食事を摂らないって聞いたけど、意識はあるのか?」

ナイジェルの問いに、ジェフリーは頷《うなず》いた。

「うとうとしているが、話しかければ答えるし、自分からあれこれ喋《しゃべ》ることもある。ま、それも同じ話の繰り返しだったりするんだがな」

ナイジェルは眉《まゆ》を寄せた。

「同じこと……何か気がかりでもあるんだろうか？」

　ジェフリーは苦笑した。

「大したことじゃない。気がかりっていうか、未練という感じかな。ワッツ爺さんは、おまえの祖母《ばあ》さんに惚《ほ》れてたんだってさ」

　ナイジェルは隻眼《せきがん》を見開いた。

「……は？」

「おまえの母さんもそうだったけど、祖母さんも名うての美人だったそうだ。おまえ、会ったこと、あるか？」

　戸惑う心そのままに、ナイジェルはゆるりと首を振った。

「俺が生まれる前に亡くなっていたから……」

「長いこと農作業をしても火照《ほて》るだけで少しも灼《や》けない肌、輝く金髪、薔薇《ばら》色の唇から零《こぼ》れる白い歯。とにかく美辞麗句を片っ端から並べ立てて褒《ほ》めている。彼女に結婚を申し込まなかったのが、一生の不覚だった、とね」

　本当に二人が結ばれていたら、どんなに良かっただろうと、ナイジェルは思った。そうすれば母もグラハム家に奉公に出て、主人に見初《みそ》められることもなかっただろうし、正妻の息子に殺害されるなどという悲惨《ひさん》な人生を送ることもなかったに違いない。

「船乗りの家系じゃないし、見習いになるにもとうが立ちすぎた俺が『海賊になりたい』って思ったとき、あんたの口添えがあったにしても、まともに話を聞いてくれたのはワッツ船長だけだった……」

ナイジェルは当時のことを思い出しながら呟《つぶや》き、ふと顔を上げた。

「あれは祖母のおかげだろうか？」

ジェフリーは吹き出した。

「さあな。だとしても、いいじゃないか。一旦なっちまったら、こっちのもんだ。おまえさんの仕事ぶりには、爺さんも満足してるし」

初耳だった。ナイジェルは自分でも眼が輝くのが判った。

「本当に？」

「ああ。きょうび、うちの船に来てくれって頼みたくなるような水夫は少ない。それが頼みもしないのに、向こうから飛び込んできてくれた、ってな」

胸の奥がじわりと温かくなる。ワッツ船長に従ってきて本当に良かったと思う瞬間だ。指導力があるだけではなく、人一倍情も厚い。だからこそナイジェルは、彼の寿命が尽きようとしているということが辛く、無念でならなかった。それは船乗りだけではなく、地上に生きる者全てが逃れられない運命だとしても。

「爺さんは淡いブラウンだし、おまえの祖母さんはブロンドだろ。そうしたら、孫のおまえも俺みたいな金髪だったかもしれないな」

ジェフリーは手を伸ばし、ナイジェルの黒にもみまごう濃褐色の髪に指を巻きつけた。

「そいつも悪くはないが、俺は今の色の方が好きだ。おまえの灰青色の瞳が引さ立つ」

優しく瞳を覗《のぞ》き込まれ、率直に褒められるのにはいつまで経っても慣れることができない。嬉《うれ》しいのだけれど、どんな顔をすればいいのか、判らないのだ。妙な表情を浮かべて、笑われるのも我慢ならなかった。だからナイジェルはいつものように邪険にジェフリーの手を払い、そっぽを向いた。

「ふん、水夫の人気を、俺と二分するのが嫌なだけだろ」

ジェフリーは声を上げて笑った。

「馬鹿だな。行儀が良くて恥ずかしがり屋のブルネットは、簡単になびく俺より信奉者が多いのを知らないのか？　おまえさんの貞操を守るために、俺がどんな苦労をしているか、想像したこともないんだろう？」

「ないし、したくもない」

「やれやれ……」

ジェフリーは再び友の肩に腕を回し、輝かしいその頭をナイジェルのそれにこつん、とぶつけた。

「キャサリン号に連れ込んだ日から、おまえの面倒を見るのは俺の役目だ。余計な手間を増やしたくなかったら、この先も俺から離れるな」

肩を抱く腕に力がこもる。ワッツ船長との別れを間近に控えて、心寂しくなっているのだろうか。だが、ナイジェルはどうやって慰めればいいのか、判らなかった。ただジッとしていること以外には。

「ジェフリー」

「うん?」

「最近では面倒を見ているのは俺の方だと思うんだが。朝、起こしたり、いくら言っても絶対に切ろうとしない、そのだらしなく伸びた髪を編んだり……」

「仕方ないな」

ジェフリーは首を巡らせ、ナイジェルの頰《ほお》にキスをした。

「じゃ、持ちつ持たれつ、ってことにしてやるよ」

ナイジェルはもう充分だと判断して、ジェフリーを押しやった。悪びれたところがないというのは彼の長所の一つだが、今のように癇《かん》に障ることも少なくない。彼を大らかな男、あるいは図々しい奴と思うかは、接した者の心の持ちように拠《よ》るのだろう。まあ、ナイジェルもちょくちょくムカつきはするものの、決して嫌いにはなれなかった。一人でできないことはないし、やるときには誰よりも上手《うま》くしてのけるジェフリーに『この人なら間違いない』と見込まれ、何かと頼られるのが嬉しくてたまらないのだ。そんなことを口にすればますます図に乗るので、本人の前で明かすつもりはなかったが。

「早くキャビンに行け。船長が待っていらっしゃるだろう」

「アイ。じゃ、またあとでな」

最後にナイジェルの前髪を軽く引っ張ってから、ジェフリーは踵《きびす》を返す。近頃、格段に逞《たくま》しさを増したその後ろ姿を見つめながら、ナイジェルはふと思った。本当にワッツ船長の心にかかっているのは過去の恋だろうか。何となくだが、そうではない気がした。だが、嘘《うそ》だとして、なぜジェフリーが自分に対してそんな真似《まね》をする必要があるのだろうか。

胸騒ぎに襲われたナイジェルは、青味が強くなった水平線を振り返った。一度疑問を抱くと、ジェフリーが嫌いなはずの夕陽をじっと見つめていたのも気になってくる。彼にとって、それは『闇の訪れ』を象徴するものだから。

「ジェフ……」

衝動のまま友を呼び止めようとしたナイジェルは問うべき、あるいは言うべき言葉を見つけられずに声を呑《の》み込む。そして、己れに言い聞かせた。おそらく、今はその必要がないのだ。相応《ふさわ》しい時が訪れれば、ジェフリーは話してくれる。いつものように包み隠さず、ありのままを。だから、今の自分にできるのは見守ることだけだった。それもまた、いつもジェフリーがしてくれているように。

2

キャビンには饐《す》えたような臭いがこもっていた。

一人では寝起きもままならなくなったワッツ船長は、当然ながら着替えも排泄《はいせつ》も他人の手を借りなければならない。だが、細かい気配りのできる女手もない船上では、世話が行き届かないことも多かった。ジェフリーは良くやっている方だが、ワッツ船長直々の指名で代理を務めているため、看病以外のことにも時間を費やさなければならない。そこで彼と同じぐらい船長に恩義を感じているナイジェルが、こまめに様子を見に行くことにしていた。

「暗いな……」

サー・フランシス・ドレイクと共に、新大陸のスペイン人を震え上がらせたこともある老人は、以前よりも痩《や》せたとはいえ、大柄だった。

そんな彼を苦心してコッドの端に寄せ、器用に汚れた敷き布を交換していたナイジェルの耳に、ふと掠《かす》れた声が流れ込んでくる。

「雨音は聞こえないが、降っているのか?」

ナイジェルはキャビンの入口を振り返った。

空気を入れ換えるために開け放った扉からは、眩《まばゆ》いほどの光が差し込んでいる。どうやら手足に力が入らないだけではなく、視力にも支障が出てきたらしい。そのことに気づいたナイジェルは、寂寞《せきばく》にも似た哀しみを覚えながら言った。

「まだです、マスター。空模様は崩れてきていますが」

ワッツ船長は『うん？』というように顎先《あごさき》を上げた。ナイジェルがいくら立場を弁《わきま》えるべきだと注意しても、ジェフリーは身内の気安さからか、船長に対する受け答えのとき、滅多に敬称をつけない。あえて口にするときは、意に染まない命令に従うときぐらいのものだった。

「ナイジェルだったか」

「アイ」

「手間をかけてすまねえな。ありがとうよ」

「そんな……大したことはしてません」

感謝の言葉に戸惑い、恐縮するナイジェルに、ふと船長の口元が綬む。

「へへ……褒められると不機嫌になる……ジョアン……おまえの祖母さんもそうだった。美人だって言われた途端、口を尖《とが》らせて、妙な表情をするんだよ。まあ、村の男達は皆、そんな顔も可愛《かわい》いって思ってたんだがな」

ナイジェルは微笑《ほほえ》んだ。生まれる前に亡くなったから祖母の記憶はない。だが、彼女の話を聞くと、心が温まった。自分の血族に好意を示されることは、本当に少ないからだ。

「ジェフリーから聞きました。祖母に結婚を申し込まなかったのは、一生の不覚だったたって」

老人は頷いた。

「その気はあったんだぜ。ところが、こちとらが航海に出ている間に、つまらねえ男に横取りされちまってよ……がっぽりお宝をせしめて帰ってきたってのに、意気が上がらないことこの上ねえ話だ。なんで夫婦になる約束を取り付けてから出かけなかったのかって、しばらくは酒浸りの毎日さ。しおたれていたのは俺だけじゃねえ。似たような境遇の奴らがいて……」

ナイジェルは取り留めのない話を聞きながら、ジェフリーは本当のことを言っていたのだと思った。今や弱ったワッツ船長の心臓をときめかせるのは、血気盛んな青年時代の思い出だけなのだろう。実際、ナイジェル自身も無邪気すぎると思いつつ信じているのだが、『今日は上手くいかないことがあったとしても、明日こそは幸運が巡ってくるに違いない』と思える頃に戻りたいのかもしれない。

「……それでよ……」

さらに話を続けようとしたワッツ船長がふいに咳《せ》き込んだので、ナイジェルは慌てて赤子のように身体を丸めた老人の背中をさすった。

「無理はいけません。俺はもう行きますから、少し休んで下さい」

だが、そう言ってコッドから離れようとするナイジェルの手を、老人は意外なほどの素早さで摑《つか》んだ。

「ま……待ちな……良い機会だから……言っておくことがある……」

「アイ、アイ」

思わず覗き込んだ船長の瞳に、病人とは思えない力強さを見て、ナイジェルは姿勢を正した。部下を統率し、幾多の危険をかいくぐってきた者だけが持つ気迫に足が竦《すく》んだのかもしれない。

「ジョアンと俺は結ばれなかったが……なにがしかの縁はあったんだろうよ……孫のおまえさんと俺の倅《せがれ》が、これからは『キャサリン号』を動かすんだからなあ」

「アイ」

ジェフリーを息子と呼ぶことに何の躊躇《ためら》いも見せないワッツ船長に、ナイジェルは感動せずにはいられなかった。

餓死寸前だったジェフリーを保護してくれる人物を捜していたトマソン先生が、ようやくのことで発見した姻戚――遠縁と呼ぶのもおこがましいほど薄い縁しか持たなかった二人がいつしか心を通わせ合い、本物の親子になったことが、我がことのように嬉しい。だが、その一方でまもなくワッツ船長に別れを告げなければならない親友を思うと、こらえようもなく胸が痛んだ。

ジェフリーもナイジェルも水夫としては一人前になった。スペイン船との戦闘も数多くこなしていいるし、敵の血も浴びている。特にジェフリーは仲間の誰もが認める勇士だった。運動能力が並外れているだけではなく頭脳明晰《めいせき》で、赤子のように恐れというものを知らない。いつだって真っ先に敵船に飛び込み、劣勢に陥った仲間を助け、その間に運悪く負傷したとしても怯《ひる》むことなく剣を振るい続ける。キャサリン号の中では若手に属するが、ジェフリーを頼みにしている水夫は多かった。

(では、ジェフリー自身が頼みにしている相手は誰だろう？　彼は強いから、そんな人はいらないのか？)

ナイジェルは心の中で首を振る。そうではない。大胆不敵に戦えるのは、後顧の憂いがないからだろう。敵を倒すことに集中できるから、ジェフリーはどこまでも突き進むことができるのだ。不都合なことが起こっても、どうにかして状況を打開してくれる人がいる——そう、抜群の指導力を持ち、経験豊富なワッツ船長に背中を預けていれば、怖いことなど何もない。

実際、船長の手を借りることはほとんどなかったし、当人が意識していたかどうかも判らないが、いつだって見守られているという安心感が、ジェフリーの支えになっていた。そして、ナイジェルが常々羨ましく思っている自由闊達《かったつ》さをもたらしていたのだ。

(その支えを失ったら、彼はどうなる？)

ナイジェルの背中を戦慄《せんりつ》が駆け抜けていった。まだ早い。身動きができなくても、生きていてくれさえすればいい。ジェフリーのために、そして自分のために、もう少しだけでいいから頑張って欲しかった。二人ともまだ心構えができていない。命令を忠実に遂行するだけでいい立場に留まっていたかった。全て自分で考え、決断し、その結果に責任を負うのは恐ろしい。

だが、ワッツ船長はそんな甘えを許してはくれなかった。

「俺がこの船をジェフリーに譲るってなあ、周知のこった……だが、無事引き継げるかどうかは、まだ判らねえ」

不吉な言葉に、ナイジェルはぞっとした。

「な、なぜです？」

「あいつにゃ気の毒だが、場所も時期も悪すぎるからよ。航海は中盤……気分よく帰るにゃ、まだまだ稼ぐ必要がある。この先、ジェフリーの指揮でお宝にありつけなかったら、どうなると思う？」

ワッツ船長の口元を苦笑が掠めた。

「おまえさんも知っての通り、獲物にありつけない水夫ほど質《たち》の悪い奴らはいねえからな……稼いだ金で思うさま酒を飲めなけりゃ、何のために辛い航海に耐えてきたのかって話になる。ましてや、ジェフリーは若造だ。ヒヨッコが偉そうに命令しやがったが、何の成果も上がらねえじゃねえかと、不平不満が一気に高まる恐れがあるんだよ」

ナイジェルはとっさに言い返した。

「成果を上げれば、問題にはなりません。ジェフリーならできます」

「アイ」

ワッツ船長は頷いた。

「奴には充分その力がある……だが、この商売にゃ、運も必要なのさ。そして、運って奴は気まぐれな風みてぇなもんで、こちとらが望んだときに摑めるものでもねえ。親の欲目かもしれねえが、ジェフリーはすでにあの小綺麗なツラで幸運の女神をたらし込んでいるような気もする……とはいえ、何が起こるのか判らないのが人生だからな」

ナイジェルは唾《つば》を飲み込もうとしたが、緊張のあまり、上手く嚥下《えんか》することができなかった。

そのため、自分でも情けなくなるほど掠れた声が上がる。

「どうすれば……俺は何をすればいいんですか？　ジェフリーのために何が……」

ワッツ船長はナイジェルと握り合った手に力を込めた。

「こんな話をするのも、おまえさんなら必ずそう言ってくれると思っていたからさね。だが、頼むのが申し訳ない気もするぜ。決して楽な道じゃねえってことは判っているからな」

「構いません」

白濁した老人の瞳を、ナイジェルは真っ直ぐ見返した。確かに話の先を知るのは恐ろしいが、聞かずに逃げるつもりはない。ジェフリーと共にいるためには、避けては通れない道だということは判っていた。

「続けて下さい、マスター」

老人は微笑んだ。

「やっぱり、金髪の坊やは女神のお気に入りらしいぜ。おまえみたいな友達を与えてくれたんだからな」

「俺もそう思っているんですが、もしかしたら災難なのかもしれません。つまり、俺にとって、ということです」

「それも違いねえ……ジェフリーは扱いやすいようでいて、難しいからな。人当たりの良さに騙《だま》されると、痛い日に遭う。本当はおまえと俺以外、信じちゃいねえ。航海の間は兄弟としてつき合うが、陸《おか》に上がった途端、鼻も引っかけねえからな。手を差し伸べるのは、戦いの間だけで、あとは用無しなんだ」

ナイジェルは無言のまま頷く。そう、以前からそのことには気づいていた。

「だが、船長になったら、そうも言っていられねえ。自分を信用していない奴に従おうとする人間はいねえからな。ジェフリーは抜け目がない。普段なら、そんなことを気取らせもしねえだろう。でも、余裕がなくなったら？　奴さんが追いつめられるぐらいなんだから、他の人間も間違いなく慌てくさっている。そんなときに本音がバレるのは最悪だ。下手をすると、消されるかもしれねえ」

ナイジェルはぎょっとした。

「け……消されるって……」

「船長の首をすげ替えるのさ。俺は死んでいる。そしてプリマスは遥か遠くだ。ジェフリーを殺して海に放り込んでも、水夫どもが口裏を合わせれば事故死や病死で片付けられるだろう。そして、仲間を代表する奴——たぶんジェフリーを殺すことに成功した奴が、いけしゃあしゃあと言うわけさ。後継者が先に亡くなったので、ワッツ船長はキャサリン号を自分に相続させました、とな」

すっかり言葉を失い、ただ隻眼を見開くことしかできなくなったナイジェルに、ワッツ船長は頷いてみせた。

「私掠《しりゃく》船乗り、なんて言葉を取り繕ってみても、所詮《しょせん》は海賊だ……そいつを長年続けてきた俺がいうのもなんだが因果な商売だよ。普段は気のいい奴らでも、欲に目が眩《くら》むと共食いのような真似をすることがある……特に弱った奴は格好の餌食《えじき》さ。同情なんかが入り込む隙間《すきま》はねえ。殺されたくなかったら、付け入る隙を与えるな。腕っ節に自信がある男どもを従わせられるのは、結局のところ力だけだ。自分の方が強いってことを示し、こいつについていけば間違いないと思わせる。さっき、『仲間を信用しろ』と言ったが、そいつはこの後の話だ。まず人心を集めないことにゃ、従わせるどころじゃねえからな」

ナイジェルは苦心して落ち着きを取り戻し、再び口を開いた。

「うっかりジェフリーが隙を作ってしまったとしても、俺が庇《かば》います」

「隙がないときもだ。おまえは船長の代弁者にならなくちゃいけねえ。こまごましたことを、いちいちジェフリーに言わせるな。おまえに対する不満が膨《ふく》れ上がったら、船長に仲介させるんだ。そのときもジェフリーが庇うのはおまえじゃねえ」

ナイジェルは苦笑した。確かに楽な道ではなさそうだ。

「俺は憎まれ役――ジェフリーは話の判る船長にならなければいけませんからね」

「アイ。だが、甘くなりすぎるのもまずい。その加減も、おまえが調整しろ」

できるか、と目で問われて、ナイジェルは迷わず頷いた。

「最善を尽くします」

ワッツ船長は満足そうに唇の端を上げた。

「普通なら水夫長の仕事なんだがな」

「俺は航海士になるつもりですが、他の仕事を経験しておくのも悪くありません。ダニーは面白くないでしょうが」

ザックが戦死した後、キャサリン号の水夫長になったダニーは、男猛さではジェフリーに負けずとも劣らない男だった。

水夫の中で最年長者であるのをいいことに、ことあるごとに権威をひけらかすきらいがあるため、仲間からは嫌われているが、船長の首をすげ替えるという話になれば、真っ先に候補に上がるだろう。しかも、自分を少しも怖れないジェフリーに、水夫長が憎しみにも似た感情を抱いていることは周知の事実だった。猛獣と同じで、相手が視線を逸《そ》らさないと、戦いを挑まれているような気分になるらしい。

「彼は要注意人物ですね。エディは波風を立てるような真似はしないと思いますが」

ナイジェルの師でもある航海士のエディは、良く言えば穏やか、言い換えると感情の起伏が乏しい人物だった。ダニーに次ぐ年齢のため、他の水夫達のように躍り上がって喜んだり、嵐のように怒り狂っている姿を一度も目にしたことがない。微笑むときも唇を僅かに動かす程度で、歯を見せることはなかった。戦闘時に怯んだ様を見せたことはないし、極めて優秀な航海士であるのは間違いないが、海賊稼業に就いたことだけは誤りだったのではないかと思わせる男だ。

「ああ、エディは信用していい……信義ってもんを心得てる奴だ」

ワッツ船長も同意してくれたので、ナイジェルはホッとした。軍隊で言うところの『士官』に当たる男達、その全員を敵に回したくはない。

「ジェフリーにも口を酸っぱくして言っているんだ。帰りに気をつけろってな。疲れも溜《た》まっているし、食料も不足してくる。腹が減ると気が立って、ちょっとしたことで諍《いさか》いも起こる。グズりだした味方は厄介だぜ。敵さんなら始末できるが、仲間を手っ取り早く片付けるわけにはいかねえからな」

苦笑いを浮かべた後で、ワッツ船長は深い溜め息をついた。喋り続けていたので、息が切れたのかもしれない。だが、彼は気力を振り絞って顔を上げ、ナイジェルを見つめた。

「あいつを頼む……引き取ったのは、こんなところでむざむざ死なせるためじゃねえ……痩せこけて、暗い日をした坊主……食べ物をやっても、最初は吐いてばかりで……連れてくるのが遅すぎた……とても生き延びられねえって思ってたんだ……だが、あいつは踏ん張った……後で聞いたら、意地があったとぬかしやがる……自分を見殺しにしようとした連中を、がっかりさせたかったんだとさ……ハハ……本当に大したガキだと思わねえか？」

喉《のど》の奥からこみ上げてくる熱い塊を飲み下して、ナイジェルは微笑んだ。

「アイ」

「腹の底から笑うようになったのは、おまえと知り合ってからだ……そいつを見て、俺がどんなに嬉しかったか……ああ……坊主はもっと幸せになってもいい奴だ……生まれてきて良かったって思って欲しい……」

ワッツ船長は口を噤《つぐ》むと、力尽きたように目を閉じた。

「船長……！」

ナイジェルはぎょっとして、老人の上に屈《かが》み込んだ。そして寝息が上がっているのを確かめて、胸を撫《な》で下ろす。だが、

「お節介な爺だろ？」

ふいにかかった声に再び息を呑んだナイジェルは、慌てて振り返った。

「……脅かすな」

開け放った扉に手をかけ、僅かに頭を傾げるようにして立っていた親友は、不機嫌そうな声に口元を緩めると、コッドに歩み寄った。そして、ナイジェルを背後から抱き締め、肩越しにワッツ船長を見やる。

「余計なことは言わないでくれって、頼んだのにな」

再び振り返ろうとするナイジェルを抱く腕に力を込めて、ジェフリーは動きを封じた。

「爺さんは心配が過ぎるんだよ」

胸元で交差するジェフリーの腕を見下ろして、ナイジェルは言った。

「心配するのは、おまえを愛してるからだ」

「ありがたいが、情けない話さ。俺がしっかりしてりゃ、ワッツ爺さんもこの期に及んであれこれ思い煩《わずら》う必要はなかった」

ぎり、と歯を嚙《か》み締める気配がして、ナイジェルはとっさにジェフリーの手に自分のそれを重ねた。

「いつ生まれるかは人知の及ぶところじゃないし、若くても立派な人物はいる。しっかりしていないと思うなら、これから改めろ」

「どうやって?」

「そうやって人に依存するのを止めることから始めてみるのはどうだ?」

ジェフリーは吹き出し、ナイジェルの横顔に唇を押しつけた。

「おまえさんの言うことはいちいちもっともだから、つい相談したくなるんだよ」

腕の力が抜けたのを感じて、ナイジェルは身体の向きを変えた。

「相談だったら、いつでも歓迎する。どんなことでもいい。余計だと思うようなことでも話を聞かせて欲しい」

腕をぐっと摑まれたジェフリーは、驚いたような顔をした。逆はあっても、ナイジェルの方から身体に触れてくることは滅多にないことだからだろう。

「隠し事はしないでくれ。あんたが俺を守りたいと思ってくれるように、俺もあんたを守りたいんだ。これでも自立心は旺盛な方でね。ワッツ船長とあんた以外の男に仕えるつもりはない」

ジェフリーは片方の眉を上げた。

「仕える……」

「用心のために言っておくが、船乗りとして、だ。個人生活はその限りではない」

「ちぇっ」

いつもの調子を取り戻して、ジェフリーは微笑んだ。同性を愛する者を魅惑するその表情は、その嗜好《しこう》を持たないナイジェルの胸も騒がせる。人目を引く人間は少なくないが、その視線を外せなくなるような相手は滅多にいない。男でも女でも卓越した美貌《びぼう》は武器になりうるのだということを、無言のうちに教えてくれたのもジェフリーだった。それは人心を惹《ひ》きつけ、惑わし、ときに威圧する。彼を呆然《ぼうぜん》と見返しているナイジェルは、きっと隙だらけだろう。敵だったら、間違いなく一太刀浴びせかけられているところだ。

「何か起こると決まったわけじゃない。だが……」

　ジェフリーは立ち竦んでいるナイジェルの肩をぐっと握り締めた。

「起こったときにはアテにしてるぜ」

「アイ」

　待ち望んでいた言葉だった。ナイジェルも友の腕を握る手に、さらなる力を込める。ジェフリーが自分を信頼してくれていることは判っていた。けれど、改めて耳にすると喜びもひとしおだ。生まれて初めて得た親友の役に立ちたい。彼を守りたい。どんな困難も二人ならば切り抜けることができる気がした。そして、どこまでも一緒に行くのだ。世界の果てまでも。

3

ワッツ船長はそのときを静かに、ただ一人で迎えた。

ジェフリーを含め、久しぶりにスペインの船影を認めた乗組員は甲板に出払っていて、最期の瞬間に居合わせることができなかったのだ。

「おやっさん……！」

「なんてこった！　畜生っ！」

不運なことに敵に追いつくことはできず、船長を看取ることにもしくじった水夫達は、キャビンにつめかけて男泣きに泣いた。

ただ一人、ジェフリーを除いて。

「爺さんは身なりに気をつかう人だった。弔う前に汚れた身体を洗ってやろう」

目元を何度も拭《ぬぐ》っていたナイジェルに、ジェフリーは言った。

「それと髪を少し切っておかないとな。墓に入れるために」

亡骸を収めることができない空虚な墓――水夫の切ない運命を思って、またナイジェルは涙をこぼした。仕方がないことだとは判っている。だが、ワッツ船長はしかと場所も判らない海に葬られてしまうため、二度と会うこともできないのだ。宗教問題で命を落とした両親のこともあり、可能な限り教会に近づかないジェフリーにとって、墓参りに意味などないことはナイジェルも承知していた。それでも、訪ねたいと思う日が来ないとも限らないではないか。

「皆も手伝ってくれないか？」

ジェフリーの呼びかけに応じたのはエディとダニー、そしてワッツ船長が特に目をかけていた数人の水夫だった。

「涙ひとつ、こぼさねえ。まったく薄情な跡取りだぜ」

船大工がせめてもと作った粗末な木棺に収められたワッツ船長が、海の中へ沈んでいくのを静かに見送っていたジェフリーに、ダニーが嫌味たらしく言う。

「あんたもご存じの通り、湿っぽいのは嫌いな人だからな」

ジェフリーは下を向くことで顔に降りかかった金髪を掻《か》き上げると、水夫長を見返した。

「できるなら、笑って送ってやりたいぐらいさ。大した人生だったってな」

ダニーは目を眇《すが》めた。

「笑いたいのは、別の理由があるんだろ？」

晴天の海を思わせる蒼い瞳に、剣呑《けんのん》な光が宿った。

「というと？」

「まんまと『キャサリン号』をせしめられたことさ。ワッツ船長に引き取られなかったら、路上で野垂れ死んでいたてめえが、今や船主様だ。まったく幸運な野郎だぜ」

「確かに」

ジェフリーは口元に微《かす》かな笑みを浮かべると、首を傾げた。

「そして、あんたはいけ好かない若僧に使われなきゃならない、不運な中年男に成り下がったわけだ」

「なに……っ」

ダニーは血相を変えると、不敵な表情で見返しているジェフリーに詰め寄ろうとした。

ハラハラしながら様子を見ていたナイジェルが、友の前に飛び出す。

同時にエディも手を伸ばし、血の気が多い水夫長の腕を押さえた。

「慎め、ダニー。弔いの場だ」

「チッ……」

亡き船長を敬愛していた水夫達の手前、さすがに決まりが悪かったのだろう。ダニーは舌を打つと、エディの手を乱暴に振り払った。そして、親の敵のようにジェフリーを睨《ね》めつける。

「この際、立場をはっきりさせようぜ」

ジェフリーは頷いた。

「良い機会だしな」

「てめえは船の持ち主になった。だが、その身分は平水夫のままだ。実際に船を動かし、仲間をまとめるのは俺やエディだってことを忘れるな。てめえが俺に従うんだ」

ジェフリーは片方の眉を上げた。

「そこが大きな勘違いだな、ダニー」

「なんだと？」

「あんたも認めるように、キャサリン号の船主は俺だ。つまり、航海長や水夫長を雇う権利も俺にある。もちろん、クビにする権利もな」

ナイジェルは内心、頭を抱えた。これでは火に油を注ぐようなものだ。ダニーが敵対してきたら容赦はしないと思っていたが、まさかジェフリーの方から喧嘩《けんか》を売るような真似をするとは思いも寄らなかった。一体、彼はこの場をどう収めるつもりなのだろう。

「大人しく聞いてりゃ、胸くその悪くなるようなことを……！」

ダニーは顔を真っ赤にして吠《ほ》えた。

「俺をクビにするだと？」

「態度いかんではな」

ジェフリーは、息を詰めるようにして二人の様子を窺《うかが》っている男達を見渡した。

「俺は船主の座にふんぞり返っているつもりはない。爺さんの意志通り、船長の座も引き継ぐ。だから、俺には敬意を払え、ダニー。この先、生意気な口を利いたら、船長に対する侮辱《ぶじょく》で鞭《むち》をくれてやる。もちろん、打つのは新しい水夫長だ」

そこが我慢の限界だったらしい。

「うおおおお……っ」

ダニーは冬眠明けの熊のようにジェフリーに突進してきた。

「どけっ！」

ナイジェルは身を挺《てい》して庇おうとしたが、ジェフリーの手で脇に押しやられてしまう。

「誰にも手出しさせるな！」

ほとんど陽気とも言えるような声で叫びながら、ダニーに殴りかかっていくジェフリーを見て、ナイジェルは理解する。彼はこうなることを待ち望んでいたのだ。ワッツ船長が忠告していたように、腕に自慢の男を従わせる方法は一つしかない。力による征服だ。

（でも……勝てるのか？）

ナイジェルは二人の体格差を見て、一瞬、絶望にかられた。素早さはジェフリーが優っている。だが、体力や殴打が与える痛手については、圧倒的にダニーが有利だ。

「そのツラを肉塊に変えてやるぜ！　二度と女の前に出られないようにな！」

宣言通り、ダニーの拳《こぶし》は容赦なく、ジェフリーの顔面を狙《ねら》っていた。大抵の人間なら心奪われずにいられないその美貌も、敵対する者には忌々《いまいま》しいだけなのだろう。

「ハ！　モテない奴が考えそうなこった！」

ひらりと身をかわして、ジェフリーは嘲笑《あざわら》った。

「確かに外見だけじゃなく、中身もお粗末ときたら、女達も鼻を引っかけないだろうよ。金さえ持ってりゃ、淫売宿《いんばい》の姐《ねえ》さんが優しくしてくれるかもしれないが、酒飲みのあんたは借金だらけでそいつもままならない。なにしろ、仲間の給金をくすねるぐらいだからな！」

それを聞いて、ダニーは明らかに動揺した。そんな彼を見る水夫達の視線も鋭くなる。

「で、出鱈目《でたらめ》を言うな！　俺はそんな真似は……」

「してるだろ……っ！」

ジェフリーは隙を見逃さず、ダニーの懐に飛び込むと、まずは頭突きを喰らわせ、がくんと仰《の》け反《ぞ》った喉元に拳を叩《たた》き込んだ。さしもの水夫長も、喉や胸部のように鍛えることができない部分に攻撃を受けたら、平気ではいられない。苦しげに首を押さえると、詰まらせた呼吸を何とか再開させようとしながら、足元をふらつかせる。

「ひ……ひぃ……っ」

前屈《かが》みになったダニーの髪を摑んで、ジェフリーは鼻柱にも拳を打ち当てた。普通の男なら目の前がチカチカして、下手をすると昏倒《こんとう》してしまうだろう。しかし、見せ物の『熊いじめ』で使われる犬のように獰猛《どうもう》なダニーは、簡単に頽《くずお》れたりしなかった。たぶん、男の意地もあったのだろう。気力を振り絞った彼は、距離を取ろうとするジェフリーの腕を素早く摑まえると、引き寄せざまの一発を鳩尾《みぞおち》に喰らわせた。

「ぐ……ふ……っ」

金髪の青年がくぐもった声を上げ、身体を折り曲げるのを見て、ナイジェルは思わず叫んだ。

「ジェフリー！」

だが、彼も容易に倒れたりはしない。勝たなければならない理由があるからだ。ふらふらとダニーの身体にもたれかかったジェフリーは、首を絞め上げようとする男の手首を摑み、逃げられないようにしてから下腹を蹴《け》り上げた。喉と同様、鍛えようのない部分を。

「げえ……っ！」

押し潰《つぶ》された蛙《かえる》のような悲鳴を上げ、先程とは反対に倒れかかってきたダニーの後頭部に、ジェフリーはとどめとばかりに組んだ両手を振り下ろす。

実際、それが勝負を決めた。

甲板に這《は》い蹲《つくば》った男を見下ろして、ジェフリーは荒い呼吸のまま告げる。

「ワッツ爺さんは目が悪くなってから、俺に帳簿の類《たぐい》を預けていた。ある日、何とはなしにそいつを眺めていると、奇妙なことに気づいた。爺さんが書いた金額と、俺が実際に受け取っている額には微妙な差がある。そこで、考えたわけだ。航海中に樽《たる》からじわじわ酒が蒸発していくわけじゃあるまいし、自然に金が消えるってことはありえない。爺さんと乗組員の間で何かが起こっているんだろう。だったら、平水夫に給金を分配しているのは誰だ、ってな」

ジェフリーに感心せずにはいられないのはこういうときだ。顔を殴られたときに切ったのか、紅に淡く染まった唾を吐き、口元を拭っている友を見つめながら、ナイジェルは思った。普段は大嫌いな猫よりも怠惰で、酒を飲んでもいないのにへらへらと笑い、下らないことばかりを喋っているが、その間も自分のなすべきことは心得ている。ダニーが皆の給金をくすねていることを知っていて、あえて言わなかったのも、最も相応しい時機を待っていたからだ。ジェフリーは残酷な人間ではなかったが、いざ攻撃をするときに容赦はしない。反撃できないよう、とことん叩きつぶす。単に腕が立つだけではなく、一歩先のことを考えられる聡明《そうめい》さがあるのだ。ナイジェルはそんな彼が、我がことのように誇らしかった。

「大人しくしているんなら、プリマスに帰るまで黙っていてやろうと思ったが、そうもいかなくなったようだ」

ジェフリーはそう呟いて、航海士を振り返った。

「こいつを船倉に閉じ込めておけ。俺がいいと言うまで、外に出すな。口実を与えないよう、チェンバー・ポットも一緒にな」

「アイ・キャプテン」

ワッツ船長に忠実だったエディは、新しい主人にも素直に従った。

「で、次の水夫長は誰にします？」

「あんたのお薦めは？」

「ケリーなら安心して任せられます」

「では、そのように」

それからジェフリーは他の男達に視線を向けた。いつの間にか、喧嘩の様子を遠巻きに見ていた仲間が歩み寄り、静かに耳を傾けている。

「ワッツ船長は公正で情け深い人だった。彼には遠く及ばないが、俺もその意志を引き継ぐつもりだ。今後、キャサリン号では不当な搾取《さくしゅ》は決して許さない。理由のない暴力もだ。だが、船長の権威に挑戦しようとするようなクズには、決して甘い顔はしない。いいな？」

真っ先に声を上げたのはナイジェルだった。

「アイ」

それを皮切りに、乗組員が口々に賛同の意を示した。

「あのダニーを片付けちまった。ただのガキじゃねえとは思っていたが、大したもんだぜ」

「おおよ。戦い方ってもんを知ってる」

「よぉし、皆、新しい船長に万歳三唱だ！」

しめやかな弔いの雰囲気が、陽気さに取って代わられる。

意気の上がった男達に取り囲まれたジェフリーは、親友の視線を捉《とら》えると片方の眉を上げた。その口元を飾った笑みが寂しそうだったことを知っているのは、ナイジェルだけだろう。彼はもう平水夫ではない。船長という孤高の座に就いた者は、その瞬間から仲間を失うのだ。甲板に立っている間は、ナイジェルでさえ対等ではなくなってしまう。ジェフリーはワッツ船長を間近で見ていて、誰よりもそのことを知っていた。逃れられない運命を受け入れ、本当の大人になったのだ。

（俺もなろう）

ナイジェルはぎゅっと拳を握り締めた。立場が違っても、ジェフリーはただ一人の親友だ。どこまでも彼と行く。決して遅れは取らない。

「とりあえずの関門は突破したな」

決意を新たにしたナイジェルに歩み寄ってきたジェフリーが、そう言いながらいつものように肩を抱いた。そして、耳元で囁《ささや》く。

「キャビンに連れていってくれ……腹を殴られたせいで吐きそうだ」

ナイジェルは笑みを浮かべ、ジェフリーの腰に腕を回した。彼が弱っていることは、誰にも気づかれてはならない。

「服に血がついているぞ。食事の前に着替えた方がいい」

「そうだな。新しい服を出してくれ」

「罪を犯していない俺も、キャビンボーイに降格させるつもりですか」

「専用の世話係か……悪くないな。そいつを持てるのも船長特権だ」

「ふん、あんたの世話に明け暮れる毎日なんて、考えただけでもぞっとする」

軽口を叩き合いながら、ナイジェルは必死に涙をこらえた。もう人前では泣かない。冷や汗に濡《ぬ》れた友の姿がどれほど切なくても、彼の痛みを自分のことのように感じていても、決して面には表さない。安易な同情は、ジェフリーのためにはならないのだ。それよりも動揺を見せない男、どんなときも冷静に彼を見守れる者の方が、周囲を牽制《けんせい》できるだろう。優しさで支えるのではなく、強さで後押しをするのだ。しかし、

「大丈夫か?」

二人きりのときは、そこまで肩肘《かたひじ》を張らなくてもいい。ナイジェルは、コッドに倒れ込んだジェフリーの額に浮かんだ汗を掌《てのひら》で拭った。

「吐きたいなら、チェンバー・ポットを持ってくるぞ」

「いい……気分の悪さは治まった……今は痛みだけだ……」

ナイジェルは丸まったジェフリーの背中を撫でる。

「結構、顔も殴られたな」

「アイ……」

「腫《は》れ上がる前に冷やしておこう」

そう言って立ち上がろうとしたナイジェルの服の裾《すそ》を、ジェフリーが摑む。

「何だ?」

「まだいい」

はっきりとは言わないが、どこにも行って欲しくないらしい。ナイジェルはわざとらしい溜

め息をつくと、自分を見上げているジェフリーに微笑んでみせた。

「その甘え癖を何とかしないと、皆から尊敬される船長にはなれないぞ」

再び自分の傍《かたわ》らに座ったナイジェルの身体に腕を回しながら、ジェフリーもまた笑みを浮かべる。

「善処するよ。俺は他人から尊敬されるより、おまえさんに甘やかしてもらう方が断然好きだけどな」

4

ワッツ船長が予言していたように、幸運の女神はジェフリーに想うところがあるらしかった。家族に恵まれなかったことへの埋め合わせをするかのごとく、こと私掠行為に関する限り、苦労らしい苦労はない。どうやら彼には特殊な勘が備わっているらしく、端から見るとアテもなくふらついているようでも、その指示に従って走るとスペインの船影に行きつくことが少なくなかった。おかげで、水夫達も『うちの旦那はどんな遠くからでもお宝の匂いを嗅《か》ぎ分ける』と大喜びをして、ジェフリーへの忠誠も日毎に強くしている。船倉に閉じ込められて、獣のように唸《うな》っているダニーは別としても、現在の『キャサリン号』に叛乱《はんらん》の気運は皆無だった。

なにより、ナイジェルには嬉しいことである。

「どっちかっていうと、俺が嗅ぎ分けるのはきな臭さだな」

当直から解放され、思う存分睡眠をむさぼれるようになったジェフリーは、輝く髪に負けないほど顔の色艶《いろつや》も良かった。その華麗さたるや、擦《す》れ違いざまに微笑みかけられた水夫がぼうっとなり、甲板掃除用の砥石《といし》に蹴躓《けつまず》いてひっくり返るほどだ。それも一人や二人の話ではない。

さらに言うなら、ジェフリーは自分が与える影響を充分承知した上で、乗組員をからかっているのだ。嘆かわしい話だが、調子づいている今のジェフリーならば、出来心で神の怒りを買うような所業に及ばないとも限らない。通常の仕事の他に、昼夜を問わず監視の目を光らせていなければならないナイジェルにとっては、本当にいい迷惑だった。

「きな臭さ……つまり、危険の匂いってことか？」

「アイ。一通りドンパチやらなきゃ、お宝は手に入らないんだから、それでも間違っちゃいないんだろうな」

ナイジェルを始めとする乗組員がしばしば経験することだが、確かにジェフリーにはそういうところがあった。別の場所で戦っていても、仲間の身に危険が迫るとどこからともなく現れ、状況を打開してくれるのだ。

当人に告げたことはなかったが、それも幼い頃の経験から身についたものなのかもしれないと考えたことが、ナイジェルにはあった。そう、最も死というものを知るのは、命を落としかけた人間なのだから。

「で？　あんたの鼻はこれからどっちに行けって？」

コッドに寝そべっていたジェフリーは、鼻の頭に皺《しわ》を寄せた。

「それがここ数日、全く利かないんだよ。風邪でも引いたかな」

良い機会だった。ナイジェルは以前から思っていたことを口にしてみる。

「だったら、そろそろプリマスに戻らないか？　たっぷり稼いだことだし、食料も傷み始めていることだし」

ジェフリーには絶好調のまま、船長としての初航海を終わらせてやりたい。そのためにも、飢えなどの問題が起こらないうちに引き返すべきだと、ナイジェルは考えていた。ジェフリーに対する殺意を募らせているダニーを、キャサリン号から放逐することも重要だ。敵であれば、海に放り出すこともできるが、味方ではそうもいかないのがもどかしいところだが。

「うーん」

ジェフリーは両手で顔を覆い、思案げに唸った。

「確かに稼いだけど……遠出できるのは年に一回だけだからな」

「最初からそんなに気張らなくてもいいだろ。ワッツ船長も上出来だって、褒めてくれるよ」

ジェフリーは手を離すと、まじまじとナイジェルを見つめた。

「本当に？」

「アイ。満足してるし、無理はして欲しくないって思っているはずさ」

「なら、おまえが言うとおり、そろそろ潮時だろうな」

ジェフリーはにっこりした。結果が残せたことが判って、安堵《あんど》したのだろう。有能な人間にはありがちなことだが、己れに対する要求が高いため、どこまで頑張ったらいいものかが判らなくなっていたらしい。

「じゃあ、エディに進路を変更させよう」

ジェフリーの言葉に頷いて、ナイジェルは踵を返した。

「俺が伝えてくる」

善は急げ、だ。一旦決めたことをジェフリーが覆すことは滅多にないが、状況がそれを許さない場合もある。とにかく、ナイジェルがこれほどプリマスを恋しいと思ったことはなかった。早く陸に上がって、どんなときもつきまとって離れない緊張から逃れたい。

「了解した」

帰港の話を、エディはいつものごとく従容と受諾した。ただし、いつもより帰還が早まったことには、多少疑問を感じたらしい。

「何か急ぐわけでもあるのか？」

ナイジェルは首を振った。

「そうじゃないけど、このままじゃ、ワッツ船長のことを偲《しの》ぶ暇もないだろ？　船長の友達にも知らせてあげなきゃならないし」

「なるほどね……死者がそんなことを気にするとは思えないが」

らしからぬ皮肉な言葉に、ナイジェルはおや、とエディを見返した。

「だって、そうだろう？」

エディはひっそりと笑った。

「この世を回しているのは生きた人間さ。死者は無力だ。だからこそ、憐《あわ》れみを誘う存在なのかもしれない。あるいは、ああはなりたくない、と思う存在に」

ふと思い立って、ナイジェルは聞いた。

「愛する人を亡くした経験は？」

エディは再び、そしていつもの唇の端を僅かに上げるだけの微笑を閃《ひらめ》かせた。

「数え切れないよ。だから、その痛みにも慣れちまったんだろうな。長く生きてりゃ、それだけ別れも増えるもんだ」

疲れ果てたような表情に気圧《けお》されて、ナイジェルはそれ以上、言葉を続けることができなかった。自分のことを滅多に話さない航海士には、一体どんな過去があるのだろうか。個人的なことにはあまり首を突っ込むつもりはなかったが、ふと気になった。

「他の奴らにも伝えていいのか？」

エディの声がかかって、物思いに耽《ふけ》りかけていたナイジェルはハッとする。

「ア、アイ」

「たぶん、不満を言う奴も出てくるぞ。まだ狩りの季節は終わっちゃいねえ、って」

「かもしれないけど、船長命令だし」

エディは肩を竦めた。

「やれやれ、男として生まれたからには、一度はなってみたいものだ。どんな勝手も『命令』

の一言で押し通せる」

　それにはナイジェルも同感だった。


　エディが危惧《きぐ》していた通り、早期撤収に不満を持つ水夫もいないわけではなかった。しかし、圧倒的に賛成の者が多かったのは、その日の午後、キャサリン号が小量ではあるものの浸水していることが判明したからだろう。

「こいつもワッツ船長と人生を共にしてきたオールド・レディだからな」

「仲のいい夫婦みたいに、どっちかが先に行くと、すぐに後を追いかけちまうかもしれねえぜ」

「おい、縁起の悪いことを言うなよ」

　浸水している船の場合、積み荷が重ければ重いほど危険も大きくなる。つまり、しゃかりきになって稼いだお宝のせいで、沈没が早まることもなきにしもあらずだった。

　誰しも大海の真ん中で溺《おぼ》れ死にたくはないが、さりとて金目のものを捨てるのも忍びない。となれば、これ以上浸水が酷《ひど》くなる前に、とっとと帰還するのが最上の道だった。

　だが、そんなときに限って、また獲物が自らキャサリン号の前に飛び込んできたのである。

「セール・ホー！　右舷に敵船！　護衛艦は見当たらねえ！」

主檣《しゅしょう》のトップから降り注ぐ声に、ジェフリーは船長室から飛び出してきた。放っておけば、いくらでもゴロゴロしていられる人間だと思っていたが、さすがに暇を持て余していたらしい。心配そうなナイジェルの視線に気がつくと一瞬躊躇いを見せたが、水夫達に向き直ったときには不敵な表情を浮かべていた。

（やれやれ……）

間違いない。戦闘だ。慌てて帰ろうとしたことが、仇《あだ》になったというわけである。あるいは、ジェフリーの鼻が利かなくなったというのも勘違いで、無意識のうちにこのことを見越していたのかもしれなかった。

「帰港前の景気づけだ！　あいつをモノにするぞ！」

ジェフリーが出陣を宣言すると、乗組員も一斉に叫び声を上げる。男達を連帯させるのに、勝利以上の効果を持つものはなかった。海賊の世界では、存分に稼がせてくれる船長だけが良い船長なのだ。

「ナイジェル、おまえは残れ」

ジェフリーにそう言われた途端、ナイジェルの胸を不安が過《よ》ぎった。キャサリン号を保全することも大事な仕事だし、今までも引き受けたことは何度もあったにも拘《かか》わらずだ。

「一緒に行きたい」

とっさに口にした言葉を聞いて、ジェフリーはなだめるように微笑んだ。

「すぐに片付けてくるさ。それより、戻ってきたら、船が沈んでた、なんてことがないように気をつけていてくれ」

「……判った」

そう、帰る場所は必要だ。特にこの船はジェフリーにとって家のようなものなのだから。

互いに砲撃をした後、敵船に乗り込んでいく仲間を見送ったナイジェルは、操舵手に指示を出していたエディに言った。

「浸水の様子を見てくる」

「アイ」

「水量が増えていたら、何人かポンプ突きに回してくれ」

「アイ、アイ」

戦闘の様子が気になるのか、エディは敵船に注目していて、ナイジェルを振り返らなかった。

しかし、彼に限って上の空だったり、適当な返事をすることはないことは判っていた。

「思った以上だな……」

船底に下りてきたナイジェルは、くるぶしの辺りにまで溜まっている水を見て、思わずボヤいた。隙間を見つけてはマメに塞《ふさ》いでいるのに、またどこからともなく沁みだしてくる。それ

が何とも不気味だった。おまけに、

「出せーっ！　出しやがれーっ！」

鬱陶しいことこの上ないが、頭上では監禁されたままのダニーが、飽きもせずに喚《わめ》き続けていた。ジェフリーに拳をぶち込まれた喉も、すっかり回復したようだ。

「今度はどのあたりだ……？」

暗い気分で膝《ひざ》をつき、水浸しになった甲板を注意深く探っていると、ふいに視界が翳《かげ》った。壁にかけたカンテラに何事かあったのかと振り返ったナイジェルは、あやうく悲鳴を上げそうになる。

気づかないうちにエディが来ていたからだ。

辺りが暗くなったのは、カンテラの前に彼が立ちはだかったからなのだろう。落ち着きを取り戻したナイジェルは、引きつった唇を何とか動かした。

「どうしたんだ？」

エディは返事の代わりに腕を上げる。その手には短剣が握られていた。

「航海士は一人でいい。故郷に帰る道を知っている人間はな」

ぼそりと呟いて、彼はじりじりと後ずさるナイジェルに歩み寄った。

「俺にはワッツ船長のような統率力も、ダニーのような腕力も、ジェフリーのような賢しさもない。あるのは星空を読む力だけだ」

ナイジェルは自分の迂闊《うかつ》さに臍《ほぞ》を噛まずにはいられなかった。どう考えても積極的な人間には見えないエディが、『男と生まれたからには船長になってみたい』と口にしたとき、もっと違和感を感じるべきだったのだ。

「俺を始末して……それからジェフリーも殺すのか？」

ナイジェルが掠れた声を上げると、エディは微笑んだ。何と歯が見えるほど。いつもと変わらないように見えて、やはり彼も普通の精神状態ではないのだろう。

「そうだよ。そして、キャサリン号を手に入れる。仲間の金に手をつけたダニーは人望を失った。残った役職づきで一番偉いのは俺だ。非力な俺に牛耳《ぎゅうじ》られることに他の奴らは不満を持つだろうが、なあに、それもしばらくのことだ。航海士がいなけりゃ、プリマスには帰れない。だから、いくら成り代わりたくても俺を殺すことはできないし、指示に従うより他はないというわけだ」

ナイジェルは悟った。注意深く攻撃の機会を窺っていたのはジェフリーだけではなかったのだ。ダニーが反抗の雄叫《おたけ》びを上げる横で、エディは静かに隙を狙っていた。誰からも疑われず、それゆえに上手く事が運べるように。

「あんたにジェフリーは倒せない」

ナイジェルの言葉に、エディは首を傾げてみせた。

「そうかな？　確かに彼はダニーを倒した。腕っ節では到底敵わない。でも、人を殺す方法は色々あるしね」

「悪魔……！」

とっさに毒づくと、エディはまた歯を見せた。

「私生児のおまえにそう言われるとはね」

「……っ」

久々に聞いた侮辱の言葉にナイジェルが唇を噛みしめると、エディは頷いた。

「悔しいよな？　生まればかりは、自分でどうすることもできない。俺も同じさ。ワッツ船長に拾われるまで、俺も侮辱され続けたもんさ。この悪魔、厄介者、呪《のろ》われたユダヤ人、ってね」

ナイジェルは思わず目を見開いた。

「ユダヤ人……？」

「イングランドじゃ、公にはいないってことになってるだろう？　ところが、どっこい、どこにだっているのさ。女王陛下の侍医殿だって同胞だよ」

エディは短剣を振りかざし、ナイジェルの頭上に振り下ろした。

「どこに逃げても、身分を偽っても、いつの間にか、俺の正体はバレてしまう。そして、石礫《いしつぶて》で追われるんだ。あの女王……血塗《ちまみ》れメアリーの時代に、逃げることに疲れ果てた両親、兄弟は捕まって、火炙《ひあぶ》りになった。ああ、殺されたのはプロテスタントだけじゃないんだよ。ユダヤも、ジプシーも、邪魔になりそうな奴らは皆やられた。俺達は静かに暮らしていただけなのに」

すんでのところで攻撃を逃れたナイジェルは、腰に下げた短剣に手を伸ばす。だが、運悪く背中側に回ってしまっていたそれを抜く間もなく、再び攻撃を受けてしまった。そこで、武器になるものを求めて素早く辺りを見渡す。だが、目に留まったのは朽ちかけたロープだけだった。それでもないよりはマシだ。ナイジェルは隔壁に駆け寄り、ボロボロの縄を掴み取る。そして、それを振り回して、エディが繰り出した短剣を払った。

「食い詰めて、プリマスに流れ着いた俺を、ワッツ船長だけが拾ってくれた。俺がユダヤ人だってことも気づいていただろう。でも、何も言わなかった。そして、航海士になるよう、勧めてくれた。これからは引く手数多《あまた》になるだろうと言ってな。本当にいい人だった。家族を殺した野蛮なキリスト教徒を許すことはできないが、あの人だけは別だ」

亡くなった老人にだけ、忠実なエディ――――だが、もうワッツ船長はいない。エディを止められる人間もいない。素早い一撃に頬を掠められたナイジェルは、激しい動揺を覚えた。師匠として慕っていた人間がふいに豹変《ひょうへん》するのも恐ろしいが、今まで手塩にかけて育てていた弟子を、何の躊躇《ちゅうちょ》もなく殺そうとすることにもゾッとさせられる。

「何で急に……こんな……っ」

今の状況が信じられなくて、ナイジェルが思わず呟くと、エディが言った。

「おまえ達がいけないんだよ。慌てて帰ろうとするから、こっちも急がなきゃならなくなった。おまけにこの浸水だ。荒くれ者を従わせるのは骨が折れるから、もっとイングランドに近いところで計画を実行するつもりだったのに」

足元にまとわりつく海水が重く感じられるようになってきた。ナイジェルは息を切らし、縄を振り続ける。だが、良く手入れされたエディの短剣は、ただでさえ朽ちかけていたロープで防ぐには鋭すぎた。

「航海士になれば、稼ぐのには苦労しない。だが、船主になれるかといえば難しい。特に俺は身元が怪しいからな。資金を出してくれる人を見つけることはできないだろう。だから、これは俺が船長になって、ドレイクみたいに金持ちになる最後のチャンスなんだよ。ジェフリーとおまえを片付ければ、長年の夢が叶うんだ。俺みたいな奴が、イングランドで平穏無事に暮らそうと思ったら、金の力に頼るしかない。誰も裕福な人間を馬鹿にはしないからな」

話しているうちに興奮してきたのだろう。エディの腕の動きが大きくなってきた。つまり、それだけ隙もできるということだ。ナイジェルは身体のあちこちに切り傷を作りながら、形勢逆転の機会を狙った。そして、一か八かの賭《か》けに出る。手にしていたロープを壁にかかっているカンテラに引っかけ、手前に引いたのだ。

「くそ……っ！　どこだ？」

勢い良く落下したカンテラは、臑《すね》の辺りまで昇ってきていた海水に沈み、辺りは一気に闇に包まれた。ナイジェルは身を低くして、狂ったように腕を振り回しているエディの気配に意識を集中させる。そして、無防備な足に突進して、彼を転倒させた。

「貴様……っ！」

激しい水しぶきが顔を濡らし、隻眼にも飛び込んできたが構っている余裕はなかった。暗闇の中では、どれぐらいの時間が経ったのかも曖昧《あいまい》だ。必死に身もがくエディの背に馬乗りになったナイジェルは、ようやくのことで短剣を奪うと、よろめきながら立ち上がった。そして、失望のためか、急にぐったりしたエディの身体も引き上げようとする。だが、

「あ……」

最初はまた油断させようとしているのだと思った。しかし、しばらくしても起き上がるどころか、身じろぎをする気配もない。半ば呆然としながら、ナイジェルは上甲板へ続く梯子《はしご》を昇り、ハッチを開けた。そして、眼下を見下ろす。

すると、俯《うつぶ》せになったエディが、ゆらゆらと水面を漂っていた。

臑の高さまでの浸水――たったそれだけの水でも、人は溺れるのだ。

大漁にご機嫌だったジェフリーは、蒼白になったナイジェルから事の次第を聞くと、すぐに表情を改め、船底へ向かった。

そして、仲間達に命じて、事切れたエディを最上甲板に運ばせる。

「今度のお宝を船倉のどこに仕舞うか、算段をつけにいくって言ってたんすよ」

操舵手はそう言って、鼻を啜《すす》った。

「いつまで経っても帰ってこねえから、どうしたんだろうって……」

ジェフリーは頷く。

「それから船底のことが気になって、確かめに行ったんだろう。ナイジェルがいれば良かったんだが、彼はポンプにつける人間を探しにいっていた。だから、一人で甲板の具合を確かめ始めたんだが、運悪くカンテラが沈没して、恐慌をきたしてしまった。確か、彼は泳げなかったよな？」

「アイ」

ジェフリーは操舵手の肩を叩くと、周りを取り囲んだ水夫を見渡した。

「爺さんに続いて、こんなことになってしまって残念だ。気の毒なエディを丁重に葬ったら、今度こそ真っ直ぐプリマスへ帰ろう」

誰も反論しなかった。

エディの死に疑問を抱く者も。

「俺が殺したんだ……短剣を奪うために、彼を押さえつけて……」

ジェフリーに連れ込まれたキャビンで、ナイジェルは顔を覆った。

「俺がエディを……色んなことを教えてくれたのに……」

　人前では見せないと誓ったはずの涙が、とめどなく溢《あふ》れてくる。不甲斐《ふがい》なかった。悔しかった。恐ろしかった。そして、悲しかった。

「エディはおまえを殺そうとした。だから、自分を責めるな。短剣を奪おうとしなければ、おまえがやられていたんだ。エディもやたらに暴れなければ、水を飲むこともなかっただろう。自業自得さ」

　押さえようもなく震える身体を、ジェフリーがぎゅっと抱き締めてくれる。そうして、母親がするように、濡れた頬を唇で拭ってくれた。

「判ってる……」

「辛いと思うが、エディの埋葬には出席しろ」

　出なければ、皆の憶測を招く。ジェフリーがせっかく事故死として片付けてくれたのだから、ナイジェルも口裏を合わせなければならない。

「ジェフリー」

「ん？」

「あんたはエディがユダヤ人だってことを知っていたのか？」

　ジェフリーが頷く。

「爺さんから聞いた。俺が拾うのは見所のある奴ばかりだってね。エディも爺さんには絶対に逆らわなかった。俺も良い奴だって思っていたし……でも、魔が差したんだろうな」

「ああ……」

エディは一生に一度、サー・フランシス・ドレイクのような富豪になる機会に賭けたのだ。心の平安も、仲間への愛情も捨て去って。いや、最初から、そんなものはなかったのかもしれない。石礫で追われ続けた彼にとって、安住の地とはワッツ船長の率いるキャサリン号だけだった。何も言わずに支え続けてくれた老人を失ったとき、エディは帰る場所もなくしてしまったのだろう。あの人だけが特別だったのだ。

「ナイジェル」

泣きやんだあとも身体に回した腕を解かずに、ジェフリーが言った。

「無事で良かった」

「うん」

「俺がいないところで死んだら……っていうか、俺より先に死んだら許さないからな」

ナイジェルは微笑み、ジェフリーの背を強く抱き返した。

「それは命令?」

「そうだ」

「じゃあ、従わないとな。あんたは俺の船長なんだから」

ジェフリーは耳元で笑って、それからナイジェルの頬にもう一度キスをした。

傾きかけた太陽の下、帆布で包まれたエディの身体が宙を舞い、海の中に沈んでいく。一人、二人とその場を去っていく中、ジェフリーはナイジェルの肩を抱いて、舷側《げんそく》に歩み寄った。

「俺もエディに教わったことがある」

ジェフリーはそう言って、空いている方の手で水平線を指差した。

「太陽が沈む瞬間、ほんとうに稀《まれ》にだけど、緑色の光を放つことがあるそうだ」

ナイジェルは眉を寄せた。

「緑色？　まさか」

「本当だって。エディは見ていないらしいが、彼の師匠が言っていたんだとさ。虹の麓《ふもと》に辿《たど》り着くと、莫大なお宝が手に入るって伝説を聞いたことがないか？」

「あるような……」

「そいつと同じだ。その緑色の光を見ることができたら、絶対に幸せになれるらしい」

ナイジェルは親友の方に向けていた顔を巡らし、半ば水没した太陽を見つめた。

「あんたは信じているのか？」

ジェフリーは頷いた。

「もちろん」

いやに確信に満ちた声だ。ナイジェルはさらに聞いた。

「どうして？」

「滅多に見ることができないものを拝める人間だぞ？　絶対に運が強い。ってことは、幸せになる確率も高くなるだろ？」

ナイジェルは親友の横顔を見やった。

ジェフリーもまたこちらを見、微笑んでいた。

「おまえさんも知っての通り、俺は運がいい。だから、一緒にいれば、いつかは見られるさ。そして、おまえは絶対に幸せになる」

緑の閃光《せんこう》――その見えない指先が、ナイジェルの頬を優しく撫でたような気がした。

だが、この先、目にすることができなくても構わない。

ジェフリーが隣にいてくれさえすれば、それでいいのだ。

どんな伝説よりも確実に幸福をもたらしてくれる彼さえいれば、ナイジェルは満足だった。

あとがき

こんにちは、松岡《まつおか》なつきです。

『FLESH&BLOOD』の外伝をお届けします。雑誌に収録されたものですが、こちらは本編よりも昔、ジェフリーとナイジェルが少年だった時代を中心に描いています。今はおっかない航海長も、この頃は実にかわいらしいですね。皆様もジェフリーに憑依《ひょうい》して、新米水夫を愛でていただければ、と思います。

キットもこの頃からダークヘアさんによろよろしています。つんけんされて好きになるって、どれほどドMだよ……と考えて、すぐにこの作品にはそんな我慢強い人ばかりだということを思い出しました（苦笑）。

さて、この夏はコミックマーケットにおいて、『F&B』の第一巻発売から十周年、そして私の作家生活二十年目ということで、小冊子を頒布《はんぷ》させていただきました。皆様のご支援のおかげ、と心から感謝しています。こちらの小冊子は彩《あや》先生の描き下ろし表紙も麗しい、映画のパンフレットのような一冊で、松岡にとっても本当に嬉しい記念になりました。会場でお求めになれなかった皆様は、ただいま徳間ECサイトにて通販を受け付けているそうですので、チェックしてみてくださいね。

また同じく記念行事の一環として、私も参加させていただいている『運命共同体の恋』というフェアが、十二月初旬から全国の書店様にて行われることになりました。フェア帯のついている文庫をご購入頂くと、『F&B』小冊子もしくは乃一《のいち》ミクロ先生による『H・K《ホンロン》ドラグネット』の描き下ろし漫画小冊子のいずれかがもらえます。ぜひ本屋さんにお立ち寄りいただければ、と存じます。

そして、もう一つ嬉しいお知らせが。ドラマCD『FLESH&BLOOD』のシーズン5の発売月が決定いたしました。来年の三月、五月、そして七月と隔月で発売されますので、リスナーの皆様、これから聞いてみようかな、と思われている皆様も、どうぞよろしくお願いいたします。


彩先生、本当にありがとうございます。雑誌で初めてお仕事をご一緒させていただいたときも胸が震えたものですが、こうして御作を拝見するたびに新鮮な感動に打たれます。どうぞ、これからもよろしくお願いいたします。

担当の山田さん、校正の方を始めとして、発行に関わって下さる方々に御礼申し上げます。

そして、心からの感謝を読者の皆様に捧げます。本編もいよいよ佳境へ。私もこの先の物語を情熱を込めて綴《つづ》りたく思っておりますので、今後ともご声援をよろしくお願いします。

それでは、セール・ホー！

この本を読んでのご意見、ご感想を編集部までお寄せください。

《あて先》〒105－8055　東京都港区芝大門2－2－1　徳間書店　キャラ編集部気付
「FLESH&BLOOD外伝
――女王陛下の海賊たち――」係

■初出一覧
ミニアと呼ばれた男……小説Chara vol.9(2004年1月号増刊)
女王陛下の海賊たち……小説Chara vol.17(2007年12月号増刊)
妖精の分け前……小説Chara vol.19(2009年1月号増刊)
船出……小説Chara vol.21(2010年1月号増刊)

Chara

FLESH&BLOOD外伝
―女王陛下の海賊たち―

……【キャラ文庫】

2011年11月30日　初刷

著者　松岡なつき
発行者　川田 修
発行所　株式会社徳間書店
〒105-8055　東京都港区芝大門2-2-1
電話048-451-5960(販売部)
03-5403-4348(編集部)
振替00140-0-44392

印刷・製本　図書印刷株式会社
カバー・口絵　近代美術株式会社
デザイン　海老原秀幸

ISBN978-4-19-900644-9